Anleitung zum Selbstbetrug

Über das Buch

»Leben oder gelebt werden: Das ist die Frage …«

In insgesamt zwölf Episoden spiegeln die Autoren die heutige typische Wirklichkeit in einer nicht untypischen Familienstruktur: *Kind, Mami und Opi.*

Der Alltag dieser »Familie« Kroppenstedt führt die fragmenthaften Puzzlestücke ihrer erlebten Innen- und Außenwelt zu einem Gesamtbild zusammen, das die Polarität zwischen *Sein und Schein, Anspruch und Wirklichkeit,* zwischen *Opfer und Täter* wie auch *leben und gelebt werden* in ihrer zum Teil absurden und paradoxen Struktur entlarvt.

Erzählt wird aus der ehrlich naiven und unverfälschten Sichtweise des Kindes, das in alle Bereiche unseres Lebens hineinwächst. Vieles erscheint uns plötzlich *lächerlich,* und das ist gut so, denn: Lachen ist die beste Medizin, und es transformiert.

Dieses Buch gehört in jedes Bücherregal und erst recht auf jeden Nachttisch (als Nachtisch).

Leseempfehlung: Jedes Kapitel ist eine kleine Welt für sich (siehe auch Vorwort von Ruediger Dahlke). Beim ersten Lesen empfiehlt es sich jedoch, chronologisch den Kapiteln von 1 bis 12 zu folgen. So entfaltet sich das feine Aroma der Handlungsstränge am besten.

Thomas Künne/Christoph Herzer

Anleitung zum Selbstbetrug

Zwölf nützliche Geschichten

Vorwort von Ruediger Dahlke

Über die Autoren

Beide Autoren sind jahrelange *Experten in Sachen Selbstbetrug*:

Thomas Künne: abgeschlossenes Studium der Germanistik und Kunst, Astrologe und Berater in psychosomatischer Medizin (nach Ruediger Dahlke), Referent, Seminarleiter und Buchautor: »*Die heilende Kraft der Planetenschwingungen*« (mit Koautorin Inge Schubert, Vorwort Ruediger Dahlke), Goldmann-Arkana. Zuvor fast zwei Dekaden Managementtätigkeit in amerikanischem Sofortbildunternehmen. Seitdem verstärktes Augenmerk auf die *inneren* Bilder. Websites: www.quelle-der-kraft.de (Astrologie) und www.schwingung-als-weg.de (Phonophorese)

Christoph Herzer: niedergelassener Arzt für Psychotherapie, Homöopathie und Naturheilverfahren mit jahrelanger eigener Praxistätigkeit. Diese drei Behandlungsschwerpunkte werden durch die Erkenntnisse aus Studium der Archetypen und Symbolik nach C. G. Jung zu einem ganzheitsmedizinischen Behandlungskonzept zusammengefügt. Als Vater dreier Kinder wird dieses Wissen ständig überprüft und dadurch der praktische Erfahrungshorizont erweitert.

Bibliografische Information der Deutschen Nationalbibliothek:
Die Deutsche Nationalbibliothek verzeichnet diese Publikation in der Deutschen Nationalbibliografie; detaillierte bibliografische Daten sind im Internet über < http://dnb.d-nb.de > abrufbar.

© 2006 Thomas Künne / Christoph Herzer
Buchcover-Gestaltung; Umsetzung/Design: Kristin Herbig
www.feuerundflamme.info
Idee/Illustration (Raupe): Thomas Künne
Satz, Herstellung und Verlag: Books on Demand GmbH, Norderstedt
ISBN-10: 3-8334-6203-5
ISBN-13: 978-3-8334-6203-0

Inhalt

Vorwort von Rüdiger Dahlke

Es freut mich, schon das zweite Vorwort für ein Buch von Thomas Künne schreiben zu können, den ich in meinen Seminaren kennen und schätzen gelernt habe. Er hat geschafft, wovon viele träumen: aus dem ganz normalen Wahnsinn einer gutbürgerlichen Karriere auszusteigen, um mehr vom Leben zu haben und mehr zu leben – ein Leben, das ihm Spaß macht und an dem er andere mit Freude und Erfolg teilhaben lässt.

Zusammen mit dem ärztlichen Kollegen Christoph Herzer hat er eine Familiengeschichte zusammengestellt, wie sie lustiger und trauriger und typischer kaum sein könnte. Darüber hinaus aber ist sie nicht nur typisch, sondern archetypisch, weil sich die Autoren in ihren zwölf Kapiteln auf die zwölf Urprinzipien der Antike verlassen. Und auf sie ist Verlass, wie ich aus dreißig Jahren Beschäftigung mit ihnen vor allem im Bereich der deutenden archetypischen Medizin weiß. Seit über zwanzig Jahren gebe ich darüber zusammen mit meiner Frau Seminare, und so erfahren wir von sehr vielen Menschen, wie entscheidend sich deren Leben ändert, sobald sie dieses grundlegende Wissen integrieren.

Als Urprinzipien sind sie auf alle Ebenen unserer Wirklichkeit anwendbar wie etwa auch auf die typischen Lebenskrisen, wie ich es in dem Buch »Lebenskrisen als Entwicklungschancen« zeige, aber auch auf politische und wirtschaftliche Zusammenhänge, wie in »Woran krankt die Welt«. Die Autoren wenden diese Urprinzipien nun in sehr direkter und doch unaufdringlicher, dafür aber ungemein witziger Art und Weise auf die Familiensituation und ihre Probleme an. Einer der Vorteile des Buches liegt daran, dass man keinerlei Vorkenntnisse der Archetypen braucht, um daran Spaß zu finden. Und doch wird man am Ende ein gewisses Gefühl für sie gewonnen haben. Viele der geschilderten Situationen werden einem einfach bekannt vorkommen. Ein weiterer Vorteil ist die Vollständigkeit des Werkes. Selbst jene Mehrheit der Leser, die von Archetypen wohl eher keine Ahnung hat, dürfte die umfassende Darstellung rasch schätzen lernen. Wer aber mit den zwölf Urprinzipien umgehen kann, dürfte noch viel mehr profitieren und wird zu dem Wissen um die Vollständigkeit der Episoden, die schlicht den Urprinzipien geschuldet ist, die große Freude haben, sie in so spielerischer, frecher und oft sehr harter und damit deutlicher Art zu erleben, dabei aber durchgehend witzig.

Unsere familiäre Welt und nicht nur diese lebt inzwischen längst vom Selbstbetrug, und es ist hohe Zeit sich diesbezüglich den Spiegel vorhalten zu lassen, wie es dieses Buch in sehr mutiger und dabei doch nicht verletzender, aber auch nicht verharmlosender Weise tut.

Vom Titel angelehnt an Paul Watzlawicks bahnbrechenden Bestseller »Anleitung zum Unglücklichsein« oder Bernhard Ludwigs Seminarkabarett »Anleitung zur sexuellen Unzufriedenheit« ist es auch hier die unaufdringliche, aber erkennbare Absicht, gerade durch die schonungslose Darstellung unserer absurden Realität zum Umdenken und Träumen anzuregen. Wer sich in diese Geschichte zwischen einem Jungen, seinem Opa und der Mama einfühlt und zwar am besten in alle drei

Figuren und am besten in jede Episode, die sie gerade durchleben, wird dabei nicht unberührt bleiben und viele eigene Anteile erkennen. Dass diese Treffsicherheit den Autoren so gut und so spielerisch gelingt, ist wiederum auch den Urprinzipien zu danken, die auf ihre grundlegende Art alles umfassen.

Wer sich ertappt fühlt, mag betroffen reagieren, oft aber wird er auch schmunzeln müssen. Und das könnte schon die Lösung sein, über sich selbst und sein eigenes absurdes Theater zu lachen und über das dieser Welt. Dazu will dieses Buch verleiten und ich bin sicher, alle werden reichlich Gründe dafür finden. Schließlich will es entlarven und die erreichte Absurdität so weit treiben und so deutlich machen, dass Aussteigen leicht fällt. Opis Kommentare sind es, die uns das Narrentheater näherbringen und durchschaubar machen. Die Mama ist dagegen noch so voll verstrickt wie wohl die meisten Leser, und ihr Sohn hat die in Opi personifizierte Chance, es einmal anders zu machen und mit heiler Haut davonzukommen.

Sein Großvater ist ein Mensch, der noch lebendig sein wird, wenn er einmal stirbt, und damit Paulo Coelhos Traum verwirklicht. Wie die große Mutter Maude aus dem nach ihr und ihrem Freund Harold benannten Kultfilm kann Opi die Welt einerseits durchschaubar machen und andererseits menschlicher. Er erweist sich als wirklich großer Vater, der sein Leben gelebt hat und es immer noch tut und dazu anregt, sich zu trauen, eigene Gedanken zu fassen und eigene Ideen zu haben und auszudrücken.

Diese Lust wird auch den Leser heimsuchen und das

allein wäre es schon wert, dieses Buch zu lesen. Ein Buch, indem ich persönlich viele meiner Gedanken wiederfinde und eine Reihe von Sprüchen. Denn den Autoren ist es nebenbei gelungen, eine Sammlung von witzig entlarvenden Sprüchen aus vielen Hirnen und ebenso viele lächerliche Episoden aus modernen Lebensgeschichten zusammenzutragen, die den herrschenden Selbstbetrug in seiner ganzen Absurdität auffliegen lassen. Zugleich animieren sie dazu, auf den Schwingen der Träume mitzufliegen, die zwischen den Zeilen immer wieder entstehen und einladen, sich selbst aufzumachen und das eigene Selbstbetrugssystem zu durchschauen und aufzubrechen, um eigenständig und frei zu denken, zu spielen, zu lieben und zu leben.

Hornbachtal, im Sommer 2006
Ruediger Dahlke
(www.dahlke.at)

1. »Schön ist es, auf der Welt zu sein ...«

Die Dauer der Schwangerschaft ist einfach nicht mehr zeitgemäß: Neun Monate Fertigungsprozess für eine vollkommen hilflose Kreatur sind definitiv zu lange!

Das Rad des Lebens dreht sich doch allerorts immer schneller: Entfernungen rücken zusammen oder existieren nur noch in den Köpfen der »Unzeitgemäßen«, Informationsketten jagen um diesen Planeten wie Atome um ihren Kern, aber: *Eine Schwangerschaft dauert seit Menschengedenken neun Monate!*

Wo bleibt denn da der Fortschritt?

Ehrlich betrachtet ist doch die Zeit *vor* der Geburt eine verlorene Zeit: Man dümpelt im Fruchtwasser so vor sich hin, das Mutterschiff versorgt einen über die Nabelschnur mit allerlei Wichtigem und Unwichtigem, aber genau genommen ist man vollkommen nutzlos, zu nichts zu gebrauchen. Zur Beruhigung schaut ab und zu ein Fachmann in Mutti rein oder er sucht nach meinem Geschlechtsteil. Na prima, somit ist zumindest eine winzige Existenzberechtigung vorhanden, man wird gesehen, erkannt und eingestuft.

Beruhigend ist auch: Mami und Papi wissen schon *vor* meiner Geburt, was das Beste für mich in meinem Leben sein wird. Falls *Papi* (wie bei mir) mit Eintreten der Schwangerschaft aus der Beziehung zu Mami ausgetreten ist, heißt *Papi* eben *Opi* oder *soziales Netz*.

»Früher hatten die Eltern viele Kinder, heute haben die Kinder viele Eltern«, scherzt der Opi, der ist echt drollig und mit seinen weißen Haaren sieht er Albert

Einstein relativ ähnlich. Er kennt auch das Rezept, aus dem Mami ihren Mutterkuchen backt: eine Prise Ängste und Sorgen, ein Esslöffel gut gemeinter Glaubenssätze, Gebote und Verbote von allen Seiten, eine Messerspitze von Mamis Lebensgewohnheiten in Bezug auf Sucht und Sehnsucht, und natürlich als wichtigste Zutat der Klassiker: »*Mein Baby soll es mal schöner und einfacher im Leben haben als ich.*«

Und jetzt kommt das Unglaubliche: Obwohl die Umwelt in den neun langen Monaten der Schwangerschaft noch keinen direkten Zugriff auf mich hat, so klappt das doch ganz prima indirekt über Mami. Geht irgendwo in der Welt ein Atomkraftwerk hoch, so krieg ich über Mamis Versorgung auch meinen Teil davon ab. Globalisierung nennt man das.

Meine Geburt erscheint allen wie die Stunde der Wahrheit, die Stunde null für meine Daseinsberechtigung, die fleischgewordene Offenbarung flutscht ins Leben. Das *Wunder* wird entbunden, die Nabelschnur, die Versorgung zum Mutterschiff wird durchtrennt, jetzt gibt es kein Zurück mehr! Ich werde den Eindruck nicht los, dass hier jeder auf mich gewartet hat!

»Hier bist du Mensch, hier darfst du sein!«, jubiliert ein weißhaariger Mann, der wie der Häuptling dieser Zusammen- und Niederkunft aussieht.

Er wird sich mir später als mein Opi vorstellen, Rentner von Beruf. Ein gutes Gefühl ist das, ich fühle mich in besten Händen. Ich fasse einen festen Beschluss: Ab jetzt will ich die in mich gesetzten Erwartungen niemals enttäuschen. *Außerdem bin ich nun an der Reihe mit dem Geben!*

Manchmal erzählt mir Mami so traurige Geschichten von *früher,* als die Mutter oder das Baby oder auch beide bei der Geburt gestorben sind. Sie spricht auch von so gefährlichen Kinderkrankheiten wie Masern, Mumps, Röteln, Windpocken usw. Sie nimmt mir jede Angst davor und sagt: »Heute haben wir ja den Onkel Doktor, der hat immer das richtige Mittel und die richtige Impfung für dich!«

Und Opi scherzt: »Das Impfen hilft den Pimpfen …«, und Mami und der Onkel Doktor lachen so herzhaft.

Bekomme ich mal Fieber, gar kein Problem: Mami gibt mir tolle Zäpfchen, die das Fieber ruck, zuck vertreiben, und bei hohem Fieber hat sie sogar Wundermittel! Sie sagt Antibiotika dazu. Die sind echt klasse und räumen in meinem kleinen Körper mal so richtig auf, die hauen alles kurz und klein, was sich nicht wehren kann.

Mami sagt: »Da kämpfen die *Guten* gegen die *Bösen* und heutzutage gewinnen immer die *Guten.* Das ist so in der großen weiten Welt wie auch in deinem kleinen Körper – immer gewinnen die *Guten.*«

Es ist so einfach auf dieser Welt, eigentlich wie im Schlaraffenland, von dem mir Mami aus den bunten Bilderbüchern vorliest: Tut uns etwas weh, gehen wir zum Onkel Doktor, und schon bald tut uns gar nichts mehr weh.

Mami sagt, dass so viel Gesundheit auch ihren Preis hat aber: »An der Gesundheit darf man nicht sparen.«

So habe ich ehrlich gesagt auch immer das Gefühl, etwas wert zu sein, wertvoll nicht nur für den freundlichen Onkel Doktor, die reizende Apothekerhelferin, die mir immer ein klebriges Bio-Gummibärchen schenkt. Nein.

»Du bist sogar eine unbeschreibliche Wertschöpfungsmaschine für die *ganze* Gesellschaft«, sagt der Opi zu Mami.

Mami macht sich trotzdem manchmal ernsthafte Sorgen um mich, weil ich auf vieles in der Luft und allzu vieles im Essen allergisch bin. Der Onkel Doktor meint, dass das in der heutigen Zeit vollkommen normal sei. Ich bin so froh, vollkommen normal zu sein, obwohl ich mit verquollenen Augen zur Blütezeit total unnormal ausschaue.

Wenn ich auf Hundehaare reagiere, sagt Opi immer: »Jetzt sieht er wieder aus wie E.T., der Außerirdische!«

Mami meint überhaupt, ich sei ein extrem anfälliges Kind, mehr krank als gesund, sie wisse gar nicht, zu welchem Fachmann sie noch mit mir gehen soll. Dann gibt sie mir einen Klaps auf den Popo und nennt mich »Behindi«. Wir beide wissen dann nie so recht, ob wir lachen oder weinen sollen.

Bei meinem letzten Fieberschub habe ich *fantasiert*: Ich habe gesehen, wie die Mittel vom Onkel Doktor die innere Festung meiner Widerstandskräfte, meine Abwehrsoldaten töten und ich mich überhaupt nicht mehr selbst wehren konnte. Zum Glück hat mir Mami ein Wundermittel von Antibiotika gegeben, »ein neues«, sagt sie, »weil die alten ja nicht mehr anschlagen«. Das Mittel hat sehr gut geholfen und mir die Fantasie ausgetrieben.

Mami ist so lieb zu mir und weiß immer genau, was das Richtige für mich ist. Sie gibt sich solche Mühe, sie geht erst dann zur Arbeit, wenn ich schlafe oder Opi auf mich aufpassen kann. Sie geht jetzt abends zum Putzen in das gewaltig große Gebäude der Krankenkasse mit so vielen Zimmern.

»Um meine vielen Medikamente und Behandlungen bezahlen zu können«, sagt sie.

Opi nennt das Marmorgebäude *Palazzo Prozzo*.

Wenn ich mal groß bin, möchte ich das alles selber bezahlen können und Mami vielleicht eine Kur spendieren.

Bin ich mal nicht krank, bin ich ein richtiger Zappelphilipp, sagt Mami. »So kann ich dich nicht in den Kindergarten oder gar in die Schule geben, die schicken dich gleich wieder zu mir nach Hause.«

Mami hat immer Recht und auch das richtige Mittel. Vom Onkel Doktor hat sie Mittel, die kommen wie alle guten Dinge aus Amerika, aus dem Land der unbegrenzten Möglichkeiten.

»Die machen aus zappeligen und aufsässigen Kindern ruhige und pflegeleichte Schäfchen«, sagt Mami erleichtert.

Ist das nicht sagenhaft? So haben alle ihren Frieden und Freude an mir: Mami, Opi, der ganze Kindergarten und die Schule, einfach alle. Es ist ein tolles Gefühl: Ich bin medizinisch tipptopp auf meinen Weg gebracht, und mein Körper hat auch sehr früh lernen dürfen, dass es bei *jeder* Krankheit und bei jeder Gefühlsschwankung einen medizinischen Aufheller gibt, der Licht in meinen Schatten bringt. Ich bin sehr froh, dass ich für mein restliches Leben diese Hilfe in Anspruch nehmen kann. Mit meiner naiven Kinderseele habe ich mal so durchgerechnet, was ich der Menschheit im Lauf der Jahre finanziell geben darf; vielleicht habe ich mich ein wenig verrechnet.

Opi meint sowieso, dass hundertzwanzig Prozent der heutigen Kinder Probleme mit dem Prozentrechnen hätten und fünf Viertel der Bevölkerung mit dem Bruchrechnen. Bis zum Alter von fünfzehn Jahren und zwischen fünfundvierzig und fünfundsechzig liegen die Gesundheitskosten für die Volkswirtschaft etwa bei € 1 000 pro Jahr. Zwischen fünfzehn und fünfundvierzig bei circa € 500 und ab fünfundsechzig bei circa € 7 000, alle Werte im Durchschnitt von Männlein und Weiblein. Wenn ich nicht früher sterbe, werde ich neunzig Jahre alt, und da kommt ganz schön was zusammen. Da ist locker mal ein Einfamilienhaus im Wert einer Viertelmillion drin! Nicht schlecht, was?

Mami und Opi meinen, dass ich auf dem besten Wege sei, diese Werteskala nach oben hin auszureizen.

»Gesundheit hat ihren Preis!«, sagt Mami.

Opi meint: »Unser Gesundheitssystem ist eigentlich ein Krankheitssystem.«

Der ist echt witzig, der Opi. Und weiter sagt er mir im Vertrauen: »Mami will so was gar nicht hören, sie hält mich dann für einen notorischen Besserwisser und altklugen Korinthenkacker, der einfach nicht mehr in unsere Zeit passt. Wenn du nicht die fleischgewordene Spätfolge eines ›Verkehrsunfalls‹ zwischen Mami und Papi geworden wärst, wäre ich heute ein Bewohner von ›Haus Geborgenheit‹ oder ›Haus Feierabend‹. Mami sagt Seniorenresidenz dazu, ich nenne es Abstellgleis. Jetzt bin ich in meinem hohen Alter zu einem weißhaarigen Kindermädchen mutiert.

Pst, ich verrat dir mal, wie das hier so läuft: Solange du für die anderen von Nutzen bist, können sie dich gut gebrauchen, dann bringst du es. Bringst *du* es nicht mehr, bringen *sie* dich weg. Genauso läuft das mit der Gesundheit, die ist ja eigentlich *kostenlos* und damit *umsonst*, schlimmer noch: für die anderen vollkommen *wertlos*. Je kränker du bist, umso mehr kann man mit dir verdienen, dann bist du richtig was wert.«

Aha, *so* gesehen bin ich also ein großartiges »Wertschöpfungsmodell für die Volkswirtschaft«. Opi kann super rechnen und hat festgestellt, dass aus einem von Papi nicht verwendeten Kondom mit Kostenfaktor 1 am Ende der Faktor 250 000 herauskommt. Opi nennt dies eine »wundersame Vermehrung«. Opi ist ja sooo drollig!

Auch ohne Fieber habe ich einen immer wiederkehrenden Traum: Ich befinde mich in einem sonnendurchfluteten Raum, der mich ein wenig an Muttis nährenden Bauch erinnert, nur unendlich viel weiter und größer und ohne Wände und Grenzen wie eine unglaublich verlängerte Gebärmutter. In diesem Raum amüsieren sich unzählige Menschen, jung und alt, groß und klein, schwarz und weiß, Männlein und Weiblein. Es ist ein geselliges Nehmen und Geben, voller Harmonie und Geborgenheit, ohne Sorgen und Nöte, nur Frohlocken und Hosianna-Singen. Ab und zu kommt jemand vorbei und fragt höflich an, ob er noch was bringen darf oder ob was fehlt.

Es ist der Wirt des Gasthauses: *»Zur Volks-Wirtschaft«.*

2. »Das Recht auf ein gescheitertes Leben ist unantastbar«

Ich kann zielgerichtet in meine Zukunft schauen, denn Mami hat schon *vor* meiner Geburt einen exakten Lebensplan für mich erstellt. Außerordentlich geholfen hat ihr dabei der Ratgeber-Klassiker für Eltern der kinderlosen US- Professorin Dr. Nancy Carefree mit dem Titel: »*Keine Zeit verlieren.*« Sie verdeutlicht in diesem Buch sehr anschaulich, dass bereits in den ersten drei Lebensjahren die Mehrzahl der Verknüpfungen im Gehirn entweder *festgelegt werden* oder eben *unwiederbringlich nicht*. Da heißt es auch für Mami: »*Keine Zeit verlieren*, denn was Hänschen nicht lernt, lernt Hans nimmermehr.«

Dabei heiße ich gar nicht Hans, geschweige denn Hänschen.

Schon als Baby hat mir das Schwimmen viel Spaß gemacht, auch das Baby-Tauchen fand ich klasse, nur als Mami mich dann auch noch in einen Mutter-Baby-Yoga-Kurs mitschleppte, half nur noch lauthals Schreien. Eigentlich wollte ich ja nur in Ruhe zu Hause auf dem Wohnzimmerteppich rumtollen, aber die Yogalehrerin empfahl Mami stattdessen einen Baby-Meditationskurs, damit ich meine Mitte finden sollte, denn: »In der Ruhe liegt die Kraft«.

Opi findet das alles äußerst amüsant! Er meint: »So eine Lebensplanung erinnert mich an Planwirtschaft! Wenn schon Fünfjahrespläne in die Hose gehen, dann klappt es todsicher bei der Planung des gesamten Lebens.«

Seine meditative Stimmung hat Opi übrigens in einer Wiege liegend im Schatten eines Apfelbaumes genossen, zusammen mit unzähligen Bienen und anderen Insekten. Mami schlägt bei dieser Vorstellung vor Entsetzen die Hände über dem Kopf zusammen. In Anbetracht meiner vielfältigen Allergien möchte sie von solchen unverantwortlichen Vorschlägen nichts wissen.

»*Ein* Bienenstich und nicht einmal dein Kindernotarzt Dr. Spitzbart könnte noch für deine Sicherheit garantieren.« Und weiter sagt sie: »Nichts geht über eine gute Ab*sicherung* in diesen *unsicheren* Zeiten.«

Opi meint dazu: »Die *Sicherheit* von heute finden wir in Ob's, Deos und Haarfestigern. Schmerzmittel bringen uns *sicher* durch den Tag, Erkältungs- und Hustenmittel *sicher* durch die Nacht. Für eventuell unge*sicher*te Zwischenzeiten gibt es ein Netzwerk von Ver*sicher*ungssystemen, die alle Bereiche des Lebens ab*sichern*. Sogar eine Lebensver*sicher*ung, die eigentlich eine Todesver*sicher*ung ist, wird zu unserem Schutz angeboten. So wird das Leben tod*sicher!* Nach meiner Beobachtung gibt es jedoch nur eine *Sicherheit*: Jede *Sicher*ung brennt früher oder später einmal durch. *Und dann ist es dunkel!*«

Apropos dunkel: Mami hat mir eine elektronische Einschlafhilfe gekauft, damit ich keine Angst vor der dunklen Nacht bekomme. Erst wenn ich tief und fest schlafe, geht das Licht aus. Das gefällt mir gut, denn für ein angst- und sorgenfreies Leben gibt es anscheinend immer was zu kaufen.

Apropos kaufen: Mamis größtes Hobby besteht im Blättern von bunten Versandhauskatalogen und Hochglanzjournalen, die sich schon meterhoch in unserem Billy-Regal stapeln. Sie ist dann für niemand mehr ansprechbar und befindet sich in einer ganz anderen Welt. Schon bald bekommt sie dann so ein entrücktes Lächeln und erinnert mich stark an die schmachtenden Schönheiten von Mamis Titelseiten. Da kam sie wohl auch auf die Idee, sich neue Brüste zuzulegen. Nach dem Stillen kamen sie ihr unförmig und irgendwie *ausgelaugt* vor. Ich kann das nicht wirklich verstehen, denn Mami ist *so oder so* die Einzige und Beste für mich, egal wie groß oder klein ihre Brüste sind.

Opi meint: »Es ist eigentlich auch vollkommen überflüssig, dass die Frauen ihre Airbags ständig mit sich herumtragen, da heute bereits jeder Kleinwagen serienmäßig sogar für die Beifahrerin einen selbigen bereithält. Trotzdem nimmt die Anzahl der Bewohnerinnen von »Silicon Valley« sprunghaft zu, man könnte meinen, dass es den modernen Menschen häufig nicht mehr reicht, als Unikat geboren zu werden und als Original zu leben. Immer mehr menschliche Wesen sterben als Kopie.«

Da geb ich Opi mal wieder total Recht: Mit Kopien will ich gar nix zu tun haben, ich brauche das *Original*!

Mami wollte das einfach nicht verstehen: Als ich mal mit ihr einkaufen war, wollte ich unbedingt eine ganz bestimmte Hose mit einem ganz bestimmten Etikett darauf. Das ist doch nun wirklich nicht zu viel verlangt! Das Original hat fast dreimal so viel gekostet wie eine nachgemachte Kopie ohne dieses Etikett. Aber auf das kommt es ja gerade an, wenn man dazugehören will. Alle coolen Jungs tragen diese Original-Marke.

Mami bestand darauf: »Wenn du diese Hose unbedingt haben musst, dann zahlst du die Differenz zu der Hose *ohne* Etikett selber von deinem ersparten Taschengeld!«

Ich wollte diese krasse Finanzlücke mit Opis Hilfe schließen, der meinte dazu nur: »Wer nicht an seine eigene *Originalität* glaubt, der füllt sein mangelndes Selbstwertgefühl mit *Original* Markenartikeln auf.«

Ich sage dazu nur: »Ich ziehe doch keine Fälschung an!«

Was war das auch für ein Kampf, bis ich endlich mein eigenes Handy hatte! Jetzt gehöre ich dazu: Ich weiß immer, wann wer sich wo aufhält und was er gerade tut oder vorhat zu tun. Dabei sein und dazugehören ist doch heute alles!

Opi meint: »Willkommen im *Kuckucks*-Clan! Viele Teilnehmer unserer materiellen Glaubensgemeinschaft merken erst, wenn der *Kuckuck* des Gerichtsvollziehers ruft, dass ihr die Konsumgesellschaft ein Überraschungsei ins Nest gelegt hat. Aus diesem Ei steigt dann nicht *Phönix* auf, sondern der *Pleitegeier*. Urplötzlich ist es erst mal vorbei mit der Originalität, dann ist auch Schluss mit lustig. Erst jetzt realisieren sie, dass sie ihre Seele an das *Goldene Kalb* des Konsums verkauft haben so wie einst Doktor Faustus seine an den Teufel. Auf Dauer halten somit auch Verzögerungstaktiken wie Ratenkauf, Leasing und Leben auf Pump *nicht,* was sie versprechen.

Eine immer beliebter werdende *asoziale* Variante bietet

das Leben auf Kosten der anderen wie bei den umherziehenden Wohnnomaden und Sozialschnorrern. Am Ende wird hier das Leben wirklich zu einer Kopie, und zwar im Aktenordner des Gerichtsvollziehers oder der Justiz. Das ist Konsum, bis der Arzt kommt oder der Kuckuck ruft. Das Ende des Verbrauchers ist hier der Verbrauch des Endverbrauchers.« Nach einer kurzen Pause fügt Opi mit einem süffisanten Lächeln hinzu: »Ich kann heute mein Leben in allen Bereichen frei und unbeschwert auskosten, seit ich Genussware nicht mehr mit wahrem Genuss verwechsle.«

Ich glaube, Opi denkt in solchen Momenten an sein *Bratkartoffelverhältnis*. Das heißt Gertrud und ist fünfzehn Jahre jünger als er. Dieses *Bratkartoffelverhältnis* muss auch eine sehr bekömmliche und schmackhafte Gewürzmischung haben, denn er sieht immer so erfüllt und glücklich aus, wenn er wieder eine Portion zu sich genommen hat. Ich muss ihn mal gelegentlich nach dem Rezept fragen, ich bin mir sicher, so was würde Mami auch gut bekommen.

Opi ergänzt: »Wer nicht genießt, ist ungenießbar. Aber es ist nicht nur eine Frage der *Quantität*, sondern vor allem der *Qualität*. Ein kleiner Dagobert Duck steckt doch in jedem von uns, immer bemüht, noch *mehr* zu bekommen und ja nicht zu viel herzugeben oder schlimmer noch: zu verlieren! Geiz ist ja bekanntlich geil!

Komisch ist das schon: Da glauben die meisten Menschen hier im Westen nur an *ein* Leben, häufen aber Besitztümer für *unzählige* Wiedergeburten an. Die Menschen im Osten dagegen glauben naturgemäß an *viele* Wiedergeburten, besitzen aber für *dieses* Leben gerademal das Nötigste.

Und da gibt es noch einen Unterschied: Die unglücklicheren und kränkeren Menschen leben im Westen, wo man angeblich alles für ein perfektes und sorgenfreies Leben kaufen kann. Die Rechnung scheint aber nicht wirklich aufzugehen, denn *gesunde Geborgenheit* ist mit Geld nicht zu bezahlen, ja sie ist unbezahlbar. Was bestenfalls bleibt, ist eine *geborgte Gesundheit* mit vagem Verfallsdatum.«

Ich jedenfalls achte sehr genau auf das Verfallsdatum meiner Nahrung und Medikamente. Mami meint, dass es bei meinem Allergiencocktail brandgefährlich ist, abgelaufene und schimmlige Lebensmittel zu essen. »Da wird aus so einem stinknormalen Joghurt ruck, zuck eine tickende Zeitbombe aus hyperaktiven Pilzkulturen«, sagt sie.

Opi meint: »Als Kleinkind habe ich mit Vorliebe Dreck gegessen, Straßendreck und Matsch. Lehmklumpen waren eine richtige Delikatesse für mich.«

Mami schaudert bei dieser Vorstellung: »Bei der heutigen Umweltbelastung kommt dies einem sicheren Todesurteil gleich.«

Mami macht aus Lehmklumpen lieber Vasen und Tassen. Sie besucht eine feministische Töpfergruppe, die »*slippy fingers*«. Beim kreativen Gestalten singen sie Heilungsmantren für Mutter Erde.

Opi sagt: »So haben wir wenigstens alle Tassen im Schrank!«

Ich finde es klasse, was Mami da macht. Als ich noch kleiner war, habe ich auch so gerne mit Matsch und Lehm gespielt, an manchen Tagen war ich komplett mit einer Erdschicht überzogen, und zwar vom Scheitel bis zur Sohle.

»Wenn wir dich so zum Trocknen in die Ecke gestellt hätten, wärst du heute eine steinere Ganzkörperskulptur wie von Michelangelo erschaffen«, meint der Opi.

Lustig war auch ein Campingurlaub mit Mamis Kreativtruppe an einem Baggersee mit angrenzendem stillgelegtem Bergwerk. In den Wunden des Berges, den früheren Stollen, haben wir meditiert, Heilungsikonen aus Lehm modelliert und Mutter Erde zur Versöhnung angeboten. Beim abendlichen Lagerfeuer ist mir aufgefallen, dass einige der Teilnehmerinnen, allesamt alleinerziehende Mütter wie Mami ihre modellierten Figuren genussvoll ins Feuer geworfen haben. Gundula, eine pummelige, fast kahl geschorene Kreative in lila Latzhose, bekannte mit glutroten Augen, dass sie in solchen glücklichen Momenten des Fegefeuers an ihren *durchgebrannten* Lebensabschnittsgefährten denke, der sie mit Kevin allein zu Hause sitzen ließ. Ich kuschele mich dann immer ganz dicht an Mami heran. Ich weiß, dass sie *niemals* so über meinen Papi denken würde. Gundula kuschelt sich auch ganz dicht heran, und zwar an Eva-Maria, ihre große Liebe. Mit Männern, diesem »Fehlschlag der Natur«, will sie nie wieder was zu tun haben. Gundula *kämpft* in der *Friedens*bewegung und Eva-Maria bringt *Schwung* in die Frauen*bewegung*.

»Die Bewegungen der Frau finde ich sehr wichtig«, meint der Opi, »naturgemäß kommt das auch dem Mann entgegen.«

Ich finde das Campingleben ja ganz toll, nur das Essen war eine herbe Enttäuschung für mich: Matetee statt cooler Limo, Tofuschnitzel statt Currywurst rot-weiß und Pommes. Und die vielen Körner: Kürbis, Sesam,

Dinkel, Leinsamen und Sonnenblumen … Ich bin doch kein Kanarienvogel! Was mich aber wieder voll entschädigt hat: Ich durfte mit Mami in *einem* Schlafsack nächtigen, unter *einem* gemeinsamen Moskitonetz, auf *einer* einzigen Sisalmatte.

Camping ist geil!

Opi meint: »Camping ist eine Form der menschlichen Verwahrlosung, die als Erholung empfunden wird. Ich ziehe heute das weiche Bett in einem Motel dem harten Feldlager vor.«

Opi macht gerade seinen Motorradführerschein. Er möchte seinen Lebenstraum verwirklichen: mit der Harley-Davidson und Gertrud auf der Route 66 durch Amerika brettern, mit wehenden Haaren wie einst die Asphalt-Cowboys von »Easy Rider«.

Opi sagt: »Mein Motto heute lautet: lieber entspannt im Hier und Jetzt als verkrampft im Wenn und Aber.« Und weiter: »Das heißt für mich auch reisen statt rasen, leben statt gelebt werden, die Seele baumeln lassen, statt die Seele am Baum baumeln zu lassen. Sonst ist es schnell passiert! Die Straßen sind ja voll mit potenziellen Organspendern, und brauchbare Organe werden immer gebraucht. Mit dem nötigen Kapital kann man heutzutage auch Organe im Ausland bestellen, eine Spende muss ja nicht immer freiwillig sein. Steuern werden ja auch zwangsweise abgeführt, zum Überleben des Gesamtorganismus muss der Einzelne bluten.«

Ich wünsche mir so, dass Opi eines Tages auch mit mir eine Runde auf seiner Harley dreht. Da werden meine Freunde Bauklötze staunen und mich tierisch beneiden.

3. »Platon sitzt vor der Glotze«

Immer wieder mittwochs gehen wir zum »Griechen« und verspeisen dort gemeinsam die »Platon-Platte«, Opi und ich. Mami isst einen griechischen Salat, sie ist eingefleischte Vegetarierin.

Das ist ein wiederkehrendes Ritual.

Mami liebt Wiederholungen, sie hat schon dreizehn Mal Sissy mit Romy Schneider im Fernsehen gesehen und weint jedes Mal aufs Neue Rotz und Wasser.

Opi meint auch, dass sie sich in der Wahl ihrer Lebensabschnittpartner durchaus wiederholt.

Beim »Griechen« wird Mami immer ganz sentimental, denn mittwochs hat sie meinen Vater kennengelernt, Zeus, den stolzen Griechen, mittwochs bin ich gezeugt und geboren worden und an einem Mittwoch hat sich Gevatter Zeus verabschiedet, um unwiederbringlich in seinen Olymp zurückzukehren, ohne weitere Botschaften oder gar Alimente.

»Mittwoch passt und passt nicht«, meint Mami immer ganz liebevoll und fast zärtlich zu mir, »mit deinen ganzen Krankheiten bist du eigentlich eher eine Montagsproduktion.«

Opi erklärt uns, dass Mittwoch schon passt: »Mittwoch heißt im Französischen bis heute *mercredi*, da steckt der *Merkur* dahinter, der Gott der Kommunikation und des Austausches, ebenso der Gott der Kaufleute, Ärzte und Diebe.

In eurem Falle«, meint Opi mit Blick auf Mami, »war der Austausch reduziert auf den Austausch von Körperflüssigkeiten. Gegenseitig unterhalten konntet ihr euch schon, aber nicht verstehen, dein Zeus und du. Und davongestohlen wie ein Dieb hat er sich obendrein.« Opi stochert mit der Gabel im Salat herum und spricht dann weiter: »Herzensangelegenheiten tauscht man heute sowieso lieber symbolisch als Icon per SMS aus oder gleich durch Herztransplantation. Zugegeben ein recht *einseitiger* Herzensaustausch, denn leider ist einer der Kommunikationspartner schon tot.«

Mami fällt bei solchen Sätzen fast ihr Tsatsiki von der Gabel. Sie hat dann einen Gesichtsausdruck, als ob sie etwas sagen möchte. Aber sie schweigt lieber und »denkt sich ihren Teil«, wie es Opi ausdrückt.

Opi hat es einmal auf den Punkt gebracht: »Mami bereut es bei solchen Weisheiten, dass ich nicht wie die vielen anderen *normalen* Alten am Stadtrand oder auf der grünen Wiese über solche Themen philosophiere und mich mit den Mithäftlingen der Seniorenresidenz ›Haus Feierabend‹ austausche. Oft haben die sich aber gar nichts mehr zu sagen und schweigen sich an, bis dass der Tod sie scheidet.« Opi zwinkert mir dann meistens so ulkig zu und meint: »Dein Göttervater Zeus hat mit der Kraft seiner Lenden gleichzeitig *dich gezeugt* und *mir* dadurch diese leckere Platon-Platte im Kreis meiner Restfamilie statt lauwarmem und Kukident-freundlichem Hühnerfrikassee von Essen auf Rädern beschert. Also geht die Liebe nicht nur *durch,* sondern auch *in* den Magen.«

Wir sind schon ein prima Team, Mami, Opi und ich. Ich bin so froh, dass ich einen solchen tollen Opi bei mir habe und nicht im Altersheim. Ich verstehe zwar nicht so viel von dem, was Opi da vom Stapel lässt. Er sieht vieles anders als die anderen Menschen, aber gerade darauf bin ich sehr stolz. Auch wenn ich manchmal etwas nicht verstehe, spreche ich mit Opi und die Dinge werden für mich gleich klarer und verständlicher.

Mit Opis Stimme im Hintergrund schmeckt mir mein Souvlaki-Spieß gleich noch mal so gut: »Milliarden von Botschaften werden durch unzählige Netze gejagt, die Welt wird für diejenigen, die im Inter-Netz sind, zu einem globalen Dorf, der Wetterbericht aus Timbuktu, der Preis für Schweinehälften in Massachusetts, die Schuhgröße von Madonna, die Zugverbindungen von Riga nach Moskau, das Unterhaltungsprogramm im Moulin Rouge, die Schneehöhe auf dem Fujiyama, alles no problem, null problemo, kein Problem.«

Ich finde das Internet auch ganz klasse. Ich kann zwar noch nicht so viele Dinge abfragen, aber für das Kinoprogramm in unserer Straße reicht es allemal!

Mein Freund Kevin sagt: »Ohne Internetanschluss bist du total *falsch* verbunden!«

Opi ergänzt auf seine Weise: »Und ohne *eigene E-Mail-Adresse* oder besser noch *Home*page bist du ein moderner Obdachloser ohne festen Wohnsitz«.

Manchmal denke ich, Opi ernährt sich auch von Gedanken, denn er spricht lieber weiter, anstatt jetzt endlich sein leckeres Gyros anzufangen. Irgendwie macht er ein nachdenkliches Gesicht. Mami sieht manchmal auch so aus, schweigt aber meistens, während Opi immer sagt, was er so denkt.

»Aber wie geht es eigentlich der alten Omi aus dem

Nachbarhaus? Warum sieht die Frau an der Kasse vom Supermarkt immer schlechter aus? Weshalb hat das kleine Kind von dem Ehepaar schräg gegenüber so viele blaue Flecken? Offensichtlich haben die Menschen von heute ein unglaubliches Mitteilungsbedürfnis, versenden *immer mehr* Botschaften per SMS und E-Mail, können sich überall in das Wissen der Menschheit einloggen, wissen aber eigentlich *immer weniger* von ihren Mitmenschen und *voneinander*. Das Rad der Kommunikation dreht sich immer schneller und schneller. Vor lauter Schwindel merken viele gar nicht mehr, dass sie schon auf der Felge fahren oder gar ein Rad abhaben.«

Gott sei Dank! Opi steckt sich endlich ein Stück Gyros in den Mund und unterbricht sich dadurch zwangsläufig selbst in seinem Redefluss. In diesem Augenblick meldet sich mein Handy mit einem lauten Pferdewiehern, ein akustisches Zeichen, dass ich eine SMS erhalten habe.

Opi sagt: »Pegasos lässt grüßen!«

Ich frage Opi, ob Pegasos was mit Griechenland zu tun habe, denn daran bin ich sehr interessiert.

Opi sagt, dass in der Welt der alten Griechen die Götter eine wichtige Rolle für die Menschen gespielt hätten, weil sie stellvertretend die Wirklichkeit verkörpert haben.

»Pegasos war ein unsterbliches geflügeltes Pferd, unglaublich schnell wie deine SMS, geblieben ist heute nur noch das Wiehern!« Opi schiebt sich noch schnell einen Happen vom leckeren Souvlaki-Spieß in den Mund, kaut langsam und genießerisch zu Ende, bis er weiterspricht. Das macht er eigentlich immer und vor allem dann besonders auffällig, wenn er etwas Wichtiges sagen möchte:

»Heutzutage gibt es künstliche Aquarien mit künstlichen Fischen, die auf einer Mattscheibe ›rumschwimmen‹, oder auch künstliches Feuer für den Kaminabend. Einige Kinder meinen wirklich, dass alle Kühe lila sind. Oder sie kennen Schafe nur als *zwei*dimensionale Computeranimation ihres PC-Games, die zwar blöken können, aber da ist so viel Leben drin wie Landwirte in einem Bauernfrühstück.

Dabei ist unsere *drei*dimensionale *Wirklichkeit* das einzig *Wirkliche*, was wir *wirklich* haben. Es ist die Welt, in der wir leben. Sie zu riechen, zu schmecken, zu sehen, zu spüren, anzufassen und auch zu ertragen macht aber scheinbar vielen eine solche Angst, dass sie *eine* Dimension meiden wie Vampire das Tageslicht. Anstatt selbst ins *wirkliche* Leben hinauszugehen, live und in Farbe, frönen sie lieber ›wie gefesselt‹ der Erdanziehung auf dem heimischen Sofa als zeitgemäße Couch-Potatoes oder TV-Junkies. Hier ist die Evolution nichts anderes als die Entwicklung von der Ursuppe direkt hinein in den Fernsehsessel.

Der Ausdruck ›Fernsehen‹ ist eigentlich ein solcher Widerspruch in sich selbst wie ein herrenloses Damenfahrrad, man sieht gar nicht in die Ferne, sondern auf eine quadratisch-praktisch-gute Scheinwelt, die meistens nicht den Weitblick schärft, sondern bei einer Überdosis so matt macht wie eine Scheibe.«

Zwischendurch schaut Opi kurz auf unsere »Platon-Platte« und überlegt, ob er jetzt doch lieber essen soll, bevor sie kalt wird, oder doch weiterreden. Bisher hat er sich immer für das Letztere entschieden:

»Eigentlich muss man sich lediglich umdrehen und man

erkennt seine *drei*dimensionale Umwelt in allen Höhen und Tiefen, man sieht und erkennt seine Mitmenschen, seine Familie oder zumindest die Ruine dieser Ursprungsfamilie. Unsere heutigen Wohnzimmer sehen bisweilen aus wie gut abgeschottete Wohlstandshöhlen, man glotzt ›wie gefesselt‹ auf diese *zwei*dimensionalen Mattscheiben. Ihre Bewohner unterscheiden sich in ihrem Verhalten kaum von Gefangenen in einer Höhle, die ihr Leben lang gefesselt immer stur in Richtung Wand starren und dort die äußere Welt und Wirklichkeit nur als Schatten an dieser Wand sehen. Eine andere Wirklichkeit gibt es für sie nicht und ist auch nicht vorstellbar. Diese *Geschichte* ist ein *Gleichnis*. Sie ist noch einiges älter als dieses Weißbrot heute Abend und stammt wie dein Vater Zeus aus Griechenland. Erzählt hat sie schon vor Christi Geburt Platon, lange bevor es Fernseher und Computer gab. Das ist übrigens derselbe Platon, dessen Platte wir hier essen.«

Ein Moment der Ruhe kehrt ein.

Opi meint noch: »Schluss mit dem Monolog, was meinst du denn dazu, Tochter?«

Mami mag es eigentlich nicht, wenn Opi *Tochter* zu ihr sagt. Aber es ist immer noch besser als *Kind*. Sie nimmt einen tiefen Schluck aus ihrem Glas Retsina und entgegnet dann: »Du hast gut reden mit deinen frommen Sprüchen, du predigst Wasser und trinkst den Wein. Das erinnert mich an diese Mogelpackungen aus der Politik. Du hast doch auch Computer, TV und Handy, was soll also das ganze Theater?«

»Ja, ich bekenne mich offen dazu«, sagt der Opi, »nicht zur Mogelpackung, sondern zum Fortschritt, zur Weiterentwicklung. Eine Mogelpackung ist für mich ein

Widerspruch zwischen äußerem Schein und innerem Sein, das habe ich *heute* beileibe nicht mehr nötig. *Ich bin, wie ich bin.* Stillstand ist der Tod, und der kostet das Leben. Wer nicht *mit* der Zeit geht, der *geht* mit der Zeit. Der heutige Fortschritt mit seinen Angeboten für ein besseres, leichteres und angenehmeres Leben ist ein Segen für uns alle. Wirkliche Freiheit besteht für mich aber darin, etwas damit tun zu *können*, aber nicht tun zu *müssen*, Angebote kann man *annehmen* oder *ablehnen*. Sonst ist es keine Freiheit, sondern eine Abhängigkeit, aus dem Segen wird ein Fluch. Wenn ich von etwas zu viel zu mir nehme, wird mir zum Glück schlecht, das ist so, seit ich denken und mich übergeben kann.

In meiner Bäckerlehre hatte ich anfangs solchen Heißhunger auf Schlagsahne, dass ich immer heimlich genascht habe. Als mein weitsichtiger Chef das mitgekriegt hat, hat er mich nicht angeschrien oder gar rausgeschmissen. Nein, er hat mir einen ganzen Eimer Schlagsahne vorgesetzt und mich ermuntert: ›Iss dich mal richtig satt, Junge!‹

Das habe ich überreichlich gemacht, mir war wochenlang kotzübel und bis heute bin ich in Bezug auf Schlagsahne geheilt. *Immer mehr von demselben* ist kein wirklich gutes Lebenskonzept, nicht nur bei Schlagsahne.

Wenn man heute zum Beispiel erkennen muss, dass unser Bildungssystem in der Vormittagsschule zu einer schleichenden Verblödung führt, muss man selbst schon mit dem Leben abgeschlossen haben, wenn man als Lösung aus der Misere eine Ausdehnung dieses nicht funktionierenden Konzeptes auf den ganzen Tag vorschlägt. Da wird mir so übel wie damals von der Schlagsahne!«

Das ist der Moment, in welchem Opi an seinem Ouzo nippt, als ob er ein Schnäpschen gegen seine Verstimmung dringend brauchen könnte.

Dann geht's aber wieder und Opa ergänzt: »Wie in der Medizin ist es einerseits eine Frage der Dosis: Die *richtige Menge* an Schlangengift ist ein Heilmittel, eine Überdosis kann sehr krank machen oder im schlimmsten Fall töten. Und was andererseits noch viel wichtiger ist: das geeignete *richtige* Mittel überhaupt zu finden. Manchmal erinnern mich die wohlmeinenden Ratschläge aus Funk und Fernsehen in ihrer Hilflosigkeit und Weltfremdheit an den offensichtlich Verrückten, der mit einem Messer in der Hand am Meer steht. Auf die Frage, was er denn mit dem Messer tun wolle, entgegnet er: ›In See stechen!‹«

Da müssen wir dann so herzhaft lachen, bis wir Tränen in den Augen haben.

Opi ist ja so drollig.

4. »Denkst du noch oder fühlst du schon?«

Opi sagt: »Es ist so wichtig, dass man über seine Herkunft Bescheid weiß. So entwickelt man das Gefühl für die eigene Identität.«

Das fühlt sich für mich an wie Geborgenheit, Sicherheit, Zugehörigkeit und Wohlbefinden. Deshalb hat er mir versprochen, mal im Sommer mit Mami und mir nach Griechenland zu düsen. Denn als halber Grieche müsse ich auch über dieses Land mit seinen Menschen und seiner großartigen Kultur etwas erfahren.

Mami geht dagegen mit dem Problem meiner zweiten Herkunftshälfte ganz anders um. Neulich schimpfte sie mich: »Du griechischer Macho, du!«, nur weil ich mal den Müll nicht raustragen wollte und mich geweigert hatte, beim Abwasch zu helfen.

Das ist Mami so rausgerutscht. Eigentlich will sie mit meiner griechischen Herkunft gar nichts zu tun haben und sie lieber totschweigen. Opi hat dies mitbekommen und sich Mutti »zur Brust genommen«. Eines Abends habe ich gemerkt, wie Opi mit Mami unter vier Augen sprechen wollte, ganz vertraulich und ohne mich. Natürlich belauschte ich das Gespräch, weil ich es immer belauschen muss, wenn es um meinen Götterpapa geht. Da kann ich gar nicht anders.

Alles habe ich sicher nicht mitbekommen, aber gehört habe ich das Folgende: »Kehricht, den wir unter den Teppich kehren wollen, bleibt immer noch Kehricht.

Was wir krampfhaft unterdrücken wollen, kommt immer irgendwie raus, meist dort, wo wir es am wenigsten vermuten oder gebrauchen können. So ist es auch, wenn ein Familienmitglied ausgestoßen oder totgeschwiegen wird, erst recht, wenn es sich um den leiblichen Vater handelt. Dann übernimmt ein anderer die Aufgabe, an ihn zu erinnern. Das geschieht zum Beispiel durch ähnliche Verhaltensweisen, Worte und Taten. *Familie* ist nämlich mehr als der genetische Zusammenschluss von Menschen, die sich nur kurz begegnen und dann wieder getrennte Wege gehen.«

Dann fehlen mir einige Teile des Gespräches, weil ich dringend aufs Klo musste. Sonst hätte ich womöglich in die Hose gemacht.

Ab hier habe ich wieder zuhören können: »In der Bibel steht auch: ›Du sollst Vater und Mutter ehren, auf dass du lange lebest und es dir wohlergehe auf Erden.‹

Das ist kein moralischer Zeigefinger, sondern ein Grundgesetz unseres Lebens, egal ob in Griechenland oder wo auch immer, ganz egal ob der Vater jeden Tag anwesend ist oder auch nicht.«

Seit diesem Gespräch zeigt mir Mami öfter mal gemeinsame Urlaubsbilder mit Papi oder erzählt mir lustige Geschichten von und über ihn, sodass ich schon fast ein wenig stolz werde auf meine »zweite« Herkunft. Ich bin so froh, dass ich meinen Papi lieb haben darf, auch wenn ich ihn nur aus Erzählungen oder von Bildern her kenne.

Manchmal wird Mami sentimental, wenn sie mir die Fotos zeigt. Dann plappert sie auch schon mal gedankenverloren so vor sich hin. Ich glaube, da spricht sie überwiegend mit sich selbst: »Komisch ist das schon: Da wünsche ich mir nichts sehnlicher als einen Mann, der mir Geborgenheit schenkt und Verantwortung für unsere gemeinsame Familie übernimmt. Und was passiert? Zeus ist verschwunden, noch bevor ich unser gemeinsames Kind zur Welt gebracht habe, und Pablo, mein jetziger Lebensabschnittsgefährte hat von Tag zu Tag weniger Zeit für mich, angeblich, weil seine Arbeit ihn auffrisst.«

Mamis beste Freundin Alice hat bei ihrem letzten Besuch dazu gesagt: »Das hat hauptsächlich mit dir selbst zu tun.«

Ich habe gespürt, wie schockiert und verärgert Mami reagierte. »Hallo, wer ist denn hier das Opfer?«, fragte Mami verwundert zurück.

Alice entgegnete ganz sachlich: »Die Opfer sind immer auch Täter – heimliche Täter eben.«

Seitdem grübelt Mami ständig darüber nach, wie sie das wohl gemeint hat und wie das zu ihrer Lebensgeschichte passt. Alice müsste es eigentlich wissen, denn sie hat schon so viel durchgemacht. Ihr wurde die Gebärmutter und ein Brusttumor entfernt. Sie behauptet immer, das habe ihr Leben komplett verändert. Und sie sagt das mit einem Lächeln auf dem Gesicht, dass man meinen könne, die Krankheit habe ihr etwas *gegeben*. Für mich ist Alice eine gereifte Frau.

Mami findet das auch, gibt jedoch zu bedenken: »Ich möchte aber nicht mit ihr tauschen und brauche das auch gar nicht, denn ich habe einen sehr guten Frauenarzt, meinen Dr. Samtig. Der begleitet mich schon sehr gewissenhaft seit meiner ersten Periode. Damals hat mich meine Mutter zu ihm geführt, um nachzusehen, ob ›da unten‹ alles in Ordnung ist. In gewisser Hinsicht kennt er mich besser und vor allem länger als alle meine anderen männlichen Partner zusammen.

Das verbindet und gibt Sicherheit.«

Als Opi in der Küche gerade den Braten in die Röhre schiebt, ruft er zu uns herüber: »Na, da hat wenigstens noch einer Einblick bei dir!«

Mami lässt sich von diesem Einwurf überhaupt nicht aus der Ruhe bringen und ergänzt: »Von einigen störenden und schmerzhaften Leiden hat er mich nachhaltig befreit, zum Beispiel von meinen Regelkrämpfen mit diesen furchtbaren Stimmungsschwankungen. Diese schlimmste Geißel der Frau muss ich dank der Dreimonatsspritze nicht mehr erleiden, einfach großartig! Dass ich dabei noch die Empfängnis verhüte, ist doch hierbei echte Nebensache. Bei soviel Vor- und Nachsorge mache ich mir jedenfalls keinerlei Sorge um meine weibliche Zukunft.«

»In Zukunft werden wir uns aber daran gewöhnen müssen, dass wir uns nicht alles leisten können, was medizinisch-technisch machbar wäre. Vorbildlich sind hierbei einzig die Herren Gynäkologen: Sie haben schon immer und von jeher Abstriche gemacht«, sagt der Opi, während er genüsslich die Spätzle ins kochende Wasser schabt.

Alice meint dagegen zu häufigen Arztbesuchen von Frauen: »Es scheint doch fast so, als ob alleine weiblichen Geschlechts zu sein schon eine *Krankheit* ist: Es beginnt mit den Jahren der Monatsblutung, in denen medikamentös in den natürlichen Rhythmus eingegriffen wird.

Dann folgen die Wechseljahre und die ›Hormonmangel‹ -Jahre, die fest in der Obhut der überwiegend männlichen Gynäkologen liegen. Ganz zu schweigen von den technisch und teilweise intensiv-medizinisch überwachten Zeiten der Schwangerschaft und Geburt.«

Und plötzlich mag Mami gar nicht mehr aufhören zu reden und spricht halb zu mir und halb zu sich selbst: »Ich befürchte, an meiner Freundin Alice wird sich noch mancher wohlmeinende Arzt die Zähne ausbeißen. – Das ist nicht meine Art von Respekt, den ich dem fundierten Wissen der Medizin gegenüberbringe. Ich habe zum Beispiel immer auf den Rat meines Frauenarztes gehört und nur beste Erfahrungen gemacht. Er hat immer die besten Ratschläge, auch wenn Alice das ganz anders sieht. Was hatten wir für Auseinandersetzungen über das Stillen! Obwohl sie nie mehr eigene Kinder bekommen wird, meint Alice heute nach ihrer Brustoperation, dass sie erst jetzt eine Ahnung davon habe, wie bedeutend für eine Mutter und für den Säugling das Stillen sei. Sie behauptet sogar, dass man einen Zusammenhang zwischen Nichtstillen und Brustkrebs herausgefunden habe. Auch seien Nichtgestillte anfälliger gegen Allergien, weil sich ihr eigenes Immunsystem schlechter entwickle. Wie auch immer, bei mir war das so, dass ich nach der Geburt drei Wochen gestillt habe. Was war das für ein herzliches und inniges Gefühl der Nähe, mit dir, meinem Wonneproppen, verbunden zu sein. Dein sattes und zufriedenes Lächeln zu sehen erfüllte mich selbst mit dem höchsten Mutterglück. Nur wir beide im direkten Austausch von Milch und Geborgenheit. Doch dann entzündete sich meine Brust, mein Frauenarzt verschrieb mir augenblicklich Medikamente und empfahl, mit dem Stillen aufzuhören, damit diese Antibiotika nicht über die Muttermilch zu dir gelangen konnten. Er empfahl mir auch sogleich die richtige Muttermilchersatznahrung. Die war klasse: Sie ließ sich beispielsweise am Abend wunderbar eindicken, sodass *mein kleiner Liebling* pappsatt war und du dich nachts nicht mehr so schnell lautstark in Erinnerung brachtest. Mein erster Etappensieg im Kampf um meinen Schlaf!

Und noch ein Vorteil: Ich konnte dich jetzt auch ›abgeben‹, weil eigentlich jeder diese Muttermilchersatznahrung zubereiten kann. Mein zweiter Etappensieg im Kampf um meine Freiheit! Apropos Freiheit: Was bedeutet das eigentlich für frisch gebackene Mütter? Ich habe eher das Gefühl, dass *ich selbst* permanent im Leben zu kurz komme. Ich mache es allen recht und bleibe dabei so oft selbst auf der Strecke und muss sehen, wie ich durchkomme. Ich krebse so durch mein Leben, kann mir fast nichts leisten und bekomme nicht mal das, was mir an Alimenten zusteht, ganz zu schweigen von irgendeiner Anerkennung, Lob oder Zuspruch.«

Opi meint: »Wir Kroppenstedts kommen wie die Krebse sogar im Rückwartsgang nach vorne. Und außerdem: Statt Vater Zeus zahlt neben mir auch noch Vater Staat, obwohl der doch eigentlich selbst Schulden bis zum Hals hat und ihm das Wasser bis Unterkante Oberlippe steht!«

Mami lässt aber nicht locker: »Ich habe solche Sehnsucht nach einem winzigen Stückchen Himmel, in dem ich mich auch mal fallen lassen kann und weiß, da ist jemand da, der mich sicher auffängt. In den Romanen, die ich lese, ist das eigentlich vollkommen normal. Beispielsweise lese ich gerade ›Dr. Lars Hansen – der Frauenarzt mit dem großen Herzen‹, voller Gefühl, Zärtlichkeit und Verständnis. Was würde ich mich in seinen Händen geborgen fühlen. Warum ist das bei meinen realen Partnern immer so anders? Statt Geborgenheit hat mein derzeitiger Partner Pablo nur schnellen Sex im Sinn, aber nicht mal das funktioniert. Er behauptet zwar immer, er müsse bei der Arbeit seinen Mann stehen, doch dann steht *er* im Bett oft genug gar nicht mehr. Oder er ist schlicht und ergreifend erschlagen, zu müde vom Kampf um das tägliche Brot, zu müde zum Kuscheln, zum Liebsein, zu allem eigentlich. Er sagt, er brauche seine Ruhe, morgen werde wieder ein *harter* Tag.«

Opi sagt: »Das ist das Schweigen der Lenden! Da wird das Wasserbett zum Toten Meer!«

Ich spüre in solchen nachdenklichen Momenten von Mami, dass ihr in ihrem Leben etwas fehlt. Dann fühle ich mich auch nicht gut und überlege mir, wie ich Mami eine Freude machen kann, damit sie endlich wieder lacht.

Opi meint in solchen Augenblicken zu seiner Tochter: »Wenn du in dir selbst nicht zu Hause bist, bist du nirgendwo zu Hause. Alles Wachstum auf unserem Planeten Erde geht immer von innen nach außen und niemals umgekehrt. Die Blume wächst aus dem Samenkorn und unser Universum wächst aus dem Urknall. Menschliches Wachstum und menschliche Reifung können ebenfalls nur von innen kommen. Erst wenn du in dir ein solides *inneres* Zuhause aufgebaut hast, einen kleinen Tempel für deine Seele gefunden hast, erst dann brauchst du nicht mehr überwiegend im *Außen* zu suchen, was du nur *in* dir finden kannst. Denk mal darüber nach, was dir dabei helfen könnte.«

Mami wird dann so nachdenklich wie bei den Empfehlungen ihrer Freundin Alice. Sie sagt: »Ich habe keine blasse Ahnung, was mir weiterhelfen kann. Ich weiß nur eines: So wie es bisher immer gelaufen ist, kann es nicht weitergehen. Wie es aber weitergehen soll, weiß ich nicht. Ich weiß auch nicht so genau, was ich will. Ich weiß nur genau, was ich *nicht* will.«

Gott sei Dank weiß *ich* wenigstens, wo ich *zu Hause* bin.

5. »Das Herz-Kasperle ist da«

Ich male so gerne. Am liebsten Bilder von blühenden Blumen und Blüten. Meine Lieblingsblume ist die Sonnenblume.

Opi sagt, dass meine Gemälde von den Blüten beinahe aussehen wie große runde Kirchenfenster. Opi nennt sie Rosetten oder Mandalas und verspricht mir, dass er mir bald welche im Original zeigen wird. Ganz tolle gibt es in Frankreich, auch sicher in Spanien und Griechenland und bei uns.

Wenn ich mal groß bin, möchte ich Künstler werden. Ich finde es klasse, wenn man mit Fantasie seinen Lebensunterhalt bestreiten kann. Etwas Schöneres kann ich mir gar nicht vorstellen.

Mami sagt, ich sei ein kreatives Kind. Für Opi bin ich mal Maler Klecksel, ein andermal Picasso. Ich sehe da keinen Unterschied.

Pablo, Mamis Freund, warnt mich vor dem Künstlerleben. Er sagt: »Was willst du denn mit dieser brotlosen Kunst? Wir leben in einer *Leistungs*gesellschaft! Nur mit Ellenbogen, festem Willen und Ehrgeiz kommst du nach oben. Mein Zwillingsbruder Salvatore ist auch so ein brotloser Künstler. Unsere Familie stammt aus Andalusien. In armseligen Verhältnissen sind wir aufgewachsen, unsere Eltern sind früh verstorben, sie konnten sich ihr Leben lang so gut wie nichts leisten. Ich dagegen bin ein Selfmademan! Ich habe mich vom stinknormalen Fabrikarbeiter in Spanien zum Geschäftsführer einer Weltfirma mit gewaltiger Personal- und Umsatzverantwortung hochgearbeitet. Ich bin ganz oben! ›Vom Tellerwäscher zum Millionär‹, das ist mein Lebensmotto, und ich bin auf dem besten Wege, dass dies bald klappt.

Mein Bruder ist zu Hause in Spanien geblieben. Er macht ein paarmal im Jahr eine Kunstausstellung mit seinen Bildern, spielt zu den Vernissagen selbst Gitarre und singt dazu. Davon leben er, seine Frau und seine zwei Kinder. Was für ein nutzloses Leben!«

Ich finde Pablo eigentlich ganz okay. Er erinnert mich in seinem Ausehen so ein bisschen an spanische Stierkämpfer, Toreros sagt man glaube ich dazu. Wenn er sich aufregt, hat er einen Kopf so rot wie das Tuch der Toreros. Was mir nicht an ihm gefällt, ist, dass er immer so hektisch ist. Er spricht schnell, er isst schnell, und er raucht schnell, er raucht eigentlich wie ein Schlot.

»Ein richtiger Kettenraucher«, sagt Opi – dabei kann man Ketten doch gar nicht rauchen.

Er trinkt auch viel von so einem spanischen »Feuerwasser« mit einem Stier drauf, er sagt, das erinnert ihn an seine spanischen Wurzeln und seinen Vater.

»Mein Vater wäre mächtig stolz auf mich«, sagt Pablo. »Ich habe es zu etwas gebracht! Ein Penthouse mit Blick über die ganze Stadt, ein Porsche, ein für mich reservierter Stammplatz im Spielcasino. Und natürlich dich!«

Damit meint er meine Mami! Sie strahlt dann immer wie ein Honigkuchenpferd! Ich glaube, sie ist auch ein wenig stolz, so einen erfolgreichen Freund zu haben. Sie trägt auch immer deutlich sichtbar das goldene Halsband mit dem funkelnden Diamanten drin, das Pablo ihr zu ihrem letzten Geburtstag geschenkt hat.

Opi meint: »Es gibt auch bei den Besitzern von Haustieren einen Trend zum wertvollen und verzierten Halsband, so ist es vielleicht weniger schmerzhaft, dass das Lebewesen eigentlich seiner Freiheit beraubt wird und an die Leine gelegt wird!«

Opi ist echt witzig. Als ob meine Mami ein Haustier wäre.

Und obwohl Pablo Malen als brotlose Kunst bezeichnet, hat er mir einen riesigen Malkasten geschenkt mit Buntstiften, Wachsmalkreide, Wasserfarben und vielen Pinseln. Mami hätte mir so einen teuren Kasten niemals kaufen können.

»Mit Speck fängt man Mäuse!«, sagt Opi. Als ob ich eine Maus wäre.

Komisch ist für mich aber, dass Pablo in seinem Penthouse viele Bilder an der Wand hat, bei allem, was er über die brotlose Kunst gesagt hat.

»Sie sind von einem spanischen Genie«, verrät Pablo, »von Salvador Dali. Außerdem ist das eine tolle Kapitalanlage!«

Opi meint zu Pablo: »Lieber Radierungen an der Wand als Radierungen in den Geschäftsbüchern.«

Da lachen wir alle herzhaft, alle, bis auf Pablo.

Opi hat mal zu mir gesagt: »Der Pablo besitzt so *viel*, aber eines nicht, nämlich Humor! Wenn er will, kann er ruhig zum Lachen in den Keller gehen, so ganz ungestört, ohne uns.«

Ich lache so gerne und Mami meint, ich sei eine richtige Lachwurzel.

Opi sagt immer: »Lachen ist gesund!«

Laut Mami ist Pablo gar nicht so richtig gesund.

Opi meint: »Er ist wohl in seinem Leben oft als *Anhalter* gefahren, er sieht immer so *mitgenommen* aus!«

Vor einem halben Jahr wurde Pablo ein Teil seines Magens entfernt, vor zwölf Monaten hatte er schreckliche Schmerzen wegen Nierensteinen, die ihm dann rausoperiert wurden.

»Ich habe eigentlich gar keine Zeit, zum Arzt zu gehen!« sagt Pablo. »Es gibt *keinen*, der meine Arbeit in meiner Abwesenheit machen kann. Die Tage im Krankenhaus waren eine glatte Katastrophe, zum Glück konnte ich von dort aus kurz nach der Operation wieder alles in der Firma steuern, per Mail und Telefon!«

Opi meint: »Die Friedhöfe sind voll mit Menschen, die sich für unentbehrlich hielten.«

So genau weiß ich nicht, wie er das meint, Pablo ist doch noch gar nicht gestorben.

»Ein indianisches Sprichwort sagt sinngemäß: Wenn du einen Gipfel erklimmen willst, denk immer auch schon beim Hochklettern an den Abstieg«, ergänzt Opi. »Meine Berufskarriere ging vom Bäckergesellen irgendwann über in den Aufstieg zum Filialleiter, dann Chef über erst sechs Geschäfte, bald vierzehn und letztlich fünfzig. Mein Ehrgeiz und mein Geltungsbedürfnis trieben mich immer weiter, immer höher, immer mächtiger. Ich wollte allen zeigen, was ich für ein toller Hecht bin! Irgendwann ging nichts mehr. Ich war leer und ausgebrannt. Ich war mehr tot als lebendig. Mir war alles wurscht. Heute sagt man ›Burn-out-Syndrom‹ dazu. Ich musste ganz plötzlich kleinere Brötchen backen, Bonsai-Brötchen statt Doppelweck, und das von heute auf morgen. Ich war so durcheinander, ich hätte Milch mit dem Vogelkäfig einkaufen können.

In dieser Zeit habe ich Omi kennengelernt. Besser gesagt, sie mich! Denn ich war komplett ›out of order‹ und hatte eine große Zukunft bereits hinter mir. Omi war zu dieser Zeit Filialleiterin in einem der von mir betreuten Geschäfte, eine fleißige und freundliche Frau. In ihrer Freizeit schaute sie nach mir und versorgte mich, *einfach so*. Sie hat mich wieder hochgepäppelt, das Leben kehrte nach und nach in meinen Körper zurück.

Ein Jahr später haben wir geheiratet. Ich fühlte mich wie neugeboren.

Omi hat mich gerettet. Ihre selbstlose Liebe zu dem schwachen, hilflosen Mann, der ich in dieser Zeit war, hat mir mehr geholfen als meine ganze Karriere, in der ich mehr Schein als Sein war, so etwas wie eine Mogelpackung. Sie hat den Menschen in mir gesehen und nicht den Chef. Erst ab diesem Zeitpunkt habe ich angefangen, meine *wirkliche* Persönlichkeit aufzubauen.«

»Dafür gibt es zum Glück heute Persönlichkeitstrainer und Imageberater«, meint Pablo, »die holen das Optimale aus jeder Persönlichkeit heraus!«

Opi meint nur: »Das ist der richtige Ausdruck: *herausholen*! Genauso wie man Schätze aus verschiedenen Stellen der Erde *herausholt*, bis man nichts mehr findet. Danach ist dieser Bereich nutzlos und unbrauchbar. So zieht man weiter zum nächsten Fundort, wo man wieder was herausholen kann und so weiter und so weiter.

In der heutigen Arbeitswelt spiegelt sich diese Goldgräber-Mentalität in dem Ausdruck *hire and fire* wider: Können sie nichts mehr aus dir herausholen, lassen sie dich links liegen, wie bei einem Organspender, mit dem Unterschied, dass dieser meist schon tot ist.«

Bei solchen Worten kriegt Pablo einen knallroten Kopf wie eine Tomate, er fängt an zu schwitzen, steckt sich eine neue Zigarette an und nimmt einen kräftigen Schluck vom spanischen Feuerwasser.

Mami lenkt dann meist ein mit den Worten: »Ist doch schon recht spät geworden, Pablo und ich ziehen uns jetzt ein wenig zurück.«

An manchen Abenden wird es laut aus dem Zimmer von Mami und Pablo, ein Cocktail aus Musik, Stimmen und seltsamen Geräuschen. Mami meint dann beim Frühstück, sie hätten im Fernsehen einen ziemlich wilden Film angeschaut. Ich persönlich glaube aber, die beiden hatten Sex miteinander! Vor Kurzem habe ich die beiden tuscheln hören, als Pablo der Mami eine kleine Schachtel gezeigt hat. Die Verpackung habe ich im Müll wiedergefunden: ein männliches Stärkungsmittel.

Opi meint, das hilft für einen *tieferen* Austausch und Kontakt zwischen Mami und Pablo.

Was es heute alles so gibt!

Bevor ich selbst in mein Bettchen gehe, spiele ich oft noch eine Portion »Mensch-ärger-dich-nicht« mit Opi. Meistens ärgere ich mich aber doch grün und blau, vor allem dann, wenn ich selbst Fehler mache und dann verliere. Da könnte ich ausrasten! Opi dagegen ist die Ruhe in Person. Ich bewundere ihn so, er ist ein richtiges Vorbild für mich! Irgendwie strahlt er von *innen* heraus, um ihn herum scheint immer die Sonne, auch wenn es draußen regnet, stürmt oder schneit.

Er ist so echt, da ist nichts Falsches dran.

Pablo erinnert mich im Vergleich zu Opi ein wenig an die Armbanduhr, die mir Mami von einem Kurztrip mit ihrer Freundin Alice aus der Türkei mitgebracht hat. Sie sieht aus wie echt, tickt fast wie echt, zeigt ebenso die Uhrzeit an wie das Original, ist aber, wie Opi sagt, ein »*Blender*«.

»Die gibt außen was vor, was innen gar nicht drin ist!«, sagt Opi.

Pablo kann einem wirklich leidtun.

Das Letzte, was ich über ihn gehört habe, ist das Schluchzen von Mami: »Das ist eine *Katastrophe*, was für eine *Katastrophe*!«

Pablo ist am Montagmorgen am Schreibtisch in seinem Büro in sich zusammengesunken, nachdem er zuvor über starke Schmerzen in der Brustgegend geklagt hat. Die Sekretärin, die ihm ein Glas Wasser bringen sollte, hat ihn so gefunden und augenblicklich den Notarzt alarmiert.

Pablo hat überlebt. Er liegt hilflos auf der Intensivstation. Die Maschinen halten ihn über Schläuche am Leben. Er könne es schaffen, sagen die Ärzte.

»Schwere Herzinsuffizienz nach Herzinfarkt«, nennt es der Herr Professor.

»Schwere Unterversorgung in *Herzensangelegenheiten*«, übersetzt es Opi in seinen Worten.

»Was für eine *Katastrophe*«, sagt Mami immer wieder unter Tränen.

»Ja, das ist es wirklich«, sagt Opi, »*katastrophe* kommt aus dem Griechischen und bedeutet sinngemäß ›entscheidende Wende oder Umkehr‹. Im griechischen Drama führt *katastrophe* zur Lösung des Konfliktes und zum Untergang des Helden. Pablo hat nun die Chance, den *Helden* zu begraben und dem *Menschen Pablo* das Leben zu schenken. Die menschliche Tragödie ist, dass es erst zu dieser *Katastrophe* kommen musste.«

Ich habe Pablo ein ganz tolles Bild mit einer großen strahlenden Sonnenblume gemalt. Ich möchte es ihm im Krankenhaus schenken, wenn er wieder ganz bei Bewusstsein ist.

Mami und Opi meinen, dass es so viel Lebensfreude ausstrahle, dass Pablo wieder gesund werde, wenn er es nur lange genug anschaue.

6. »Wo fehlt's uns denn heute?«

Wir stehen an der Pforte des Klinikums *Dr. Semmelweis.*

Auf die Frage, wo Pablo liege, antwortet uns der linksseitig gescheitelte Pförtner: »Da haben wir zwei. Meinen Sie nun die *Niere?* Die liegt Haus 13, 11. Stock, Zimmer 345. Oder das *Herz* auf Intensiv?«

Nachdem klar ist, dass Mami *ihr* Herz auf Intensiv sucht, lassen wir uns vom Pförtner eine Wegbeschreibung per Computer ausdrucken und stiefeln los. Unterwegs werden wir beinahe von einem Arzt mit wehendem weißem Kittel überfahren, als er offenbar unter massivem Zeitdruck auf einem City-Roller die breiten Korridore des Klinikums entlangdüst.

Erste Zweifel kommen in mir auf, wo wir *hier* bloß gelandet sind.

Opi sagt: »Die Kliniken von heute sind die zeitgemäße Variante der Heiligen Stätten des Altertums. Sie befinden sich häufig auf Hügeln, wo ehemals Kapellen, Kirchen oder Kathedralen standen, gut aus der Luft erreichbar für die modernen Engel, wie etwa die gelben Hubschrauber-Engel. Heute weht hier ein anderer Wind: nicht mehr der des *Heiligen Geistes,* sondern der der *Rotorblätter.*«

Nachdem wir uns trotz Computerausdruck mehrmals kräftig verlaufen haben, führt uns ein freundlicher Patient, der einen Tropf vor sich herschiebt, direkt bis zur Intensivstation. Dieser Mann scheint sichtlich erfreut, endlich mal wieder eine sinnvolle Aufgabe zu haben. Die nicht unfreundliche Stationsschwester Hildegard weist uns resolut in die Hygienevorschriften ein. Nachdem wir uns Stülper über unsere Schuhe gezogen haben, dürfen wir rein. Die Stille des Raumes, in den wir uns vorsichtig vortasten, wird nur unterbrochen von dem Piepsen der unzähligen flimmernden Monitore. Diese erinnern mich irgendwie an das Internetcafé am Hauptbahnhof, aber hier riecht es vollkommen anders.

Zwischen all den Maschinen liegt ein Häufchen Elend: Es ist der bewusstlose Pablo, der an vielen undefinierbaren Schläuchen hängt. Ein Beatmungsgerät reguliert Zeitpunkt und Luftmenge für seine Atmung, über die er bis vor Kurzem noch selbst bestimmen konnte. In dieser gespenstischen Atmosphäre stockt auch uns der Atem. Nach einer Zeit des Schweigens schauen wir uns an und verlassen wortlos den Raum.

Unglaublich: Drei Tage *später* treffen wir Pablo bei vollem Bewusstsein an.

Ich finde, sein Gesichtsausdruck hat sich vollkommen verändert. Wo sind die strengen Stirnfalten, die nervös zuckenden Augenlider, wo der verkniffene Mund und die unruhig umherschweifenden Augen? Ich meine, Tränen in seinen Augen zu erkennen, als er Mami anschaut. Mami selbst kullern bereits einige die Wangen runter, als sie Pablos rechte Hand streichelt.

Opi gibt mir ein unmissverständliches Zeichen, dass er und ich uns besser nun verkrümeln sollten. Er meint weiter: »Zeit für eine Wiederbelebung des neu gefundenen Glücks durch Mund-zu-Mund-Beatmung.«

Und husch sind wir draußen vor der Tür, inmitten von hektischer Betriebsamkeit.

Es ist Visite. Der Chefarzt, ein offensichtlich ebenso wichtiger wie gewichtiger Mann, trottet voraus, gefolgt von zwei Oberärzten, vier Stationsärzten, fünf Medizinstudenten, drei Krankenschwestern und drei kranken Brüdern.

Opi sagt: »Die heißen hier Krankenpfleger.«

Im Abstand von einigen Metern versucht ein AIP, das ist ein Arzt im Praktikum, mit dem schweren Visitenwagen mit der Meute Schritt zu halten. Ein hoffnungsloses Unterfangen: Die sind schon längst hinter der nächsten Ecke verschwunden.

Irgendwie war Pablos Zimmer ja schon ziemlich gespenstisch. Aber hier draußen ist es genauso seltsam: endlos lange Korridore in sterilem Weiß, kaum Bilder, keine Blumen, unnatürliches Neonlicht, das an manchen Stellen flackert. Es stinkt nach abgestandenem Zigarettenrauch, obwohl hier Rauchen eigentlich streng verboten ist.

»Der kommt aus dem Aufenthaltsraum des Klinikpersonals«, sagt der Opi, als er erfolglos versucht, sich aus dem Automaten einen Becher Kaffee herauszulassen.

Der Becher klemmt, der Kaffee fließt einfach so durch, Geld futsch!

Opi ergänzt: »Nicht wenige Ärzte und Pfleger machen permanent Eigenversuche, wie viel man dem menschlichen Körper zumuten kann, egal ob mit Nikotin, Medikamenten und Alkohol oder auch alles zusammen als Cocktail.«

Ich persönlich finde ja solche Eigenversuche immer noch besser als Tierversuche.

Opi wollte noch was sagen, aber die weißen Kittel kommen wieder angehuscht. Der Chefarzt bleibt abrupt vor Pablos Tür stehen und schaut den zuständigen Stationsarzt fragend an. Dieser schwitzt und ringt nach Worten, während seine linke Hand nach dem noch nicht angekommenen Visitenwagen tastet. Er kramt solange in seinem Gedächtnis und stammelt irgendetwas vor sich hin, bis der AIP mit der entsprechenden Akte um die Ecke biegt. Gerettet!

Er sagt: »Apoplexia der Arteria cordis anterior mit posttraumatischem Infarkt des crus medialis.«

»Warum reden die eigentlich in einem deutschen Krankenhaus kein Deutsch?«, frage ich den Opi.

Opi antwortet sofort: »Die ärztliche Kunst besteht *nicht* darin, sich *verständlich* zu machen, sondern mit vielen unverständlichen Worten eigentlich Verständliches unverständlich auszudrücken.«

Ach so, denke ich mir, das funktioniert also wie die Geheimsprache mit meinem Freund Kevin, wenn wir nicht wollen, dass die anderen etwas kapieren. Ich frage mich noch, wie die ganze Meute in Pablos kleinem Zimmer Platz finden soll. Da kommt auch schon Mami mit einem weinenden und einem lachenden Auge aus seinem Zimmer raus.

Gemeinsam verlassen wir diesen Schauplatz.

Auf meine Frage nach den vielen Ärzten erklärt Opi auf der Fahrt nach Hause: »Das sind doch noch längst nicht alle! Da ist zunächst ein Notarzt für Pablos Erstversorgung auf dem Weg ins Krankenhaus. Dort übernimmt der Herzchirurg die ersten Eingriffe, der Herzspezialist bestimmt das weitere medikamentöse

Vorgehen, ein Anästhesist wacht permanent über seinen Bewusstseinszustand. Nicht zu vergessen der Laborarzt für die Blutwerte und der Radiologe für die Röntgenbilder. Im Anschluss bemühen sich Schwestern und Pfleger, Physio- und Ergotherapeuten sowie später ein ganzer Stab von Rehabilitationsspezialisten darum, Pablo wieder auf die Beine zu bringen.«

Ich finde das irgendwie ulkig: ein Kranker in der Mitte und unzählige Spezialisten, die um ihn herumhüpfen.

Opi dagegen hat nur einen *einzigen* Arzt, und das schon sein ganzes Leben lang.

»Mit meinem allerliebsten Feld-, Wald- und Wiesendoktor Engelbert Meinrat aus der Gartenstraße bin ich schon durch dick und dünn gegangen«, sagt da plötzlich Opi, als ob er meine Gedanken gelesen hätte. »Vielleicht wäre ich ohne ihn schon längst über die Wupper gegangen.«

Wupper hin, Wupper her, mir hat er jedenfalls schwuppdiwupper bei meinen Allergien geholfen. Mann, was ist dcr neugierig! Was der alles so fragt: meine Vorlieben und Abneigungen, meine Stimmungen und Gefühle, meine Sorgen, Wünsche und Ängste und so weiter und so fort. Und das alles für *drei lumpige Zuckerkügelchen* als Lohn für mich.

Mami hat sich erst mal totgelacht und meinte nur: »Schade ums Geld«, und das, obwohl doch Opi bezahlt hat. Stutzig wurde Mami erst, als Opi und ich drei Wochen später nach und nach erst die Ekzemsalben meines Hautarztes, dann die Inhalationssprays meine Pulmologen und zuletzt die Tabletten meines Allergologen in den überquellenden Arzneischrank zurückgestellt haben. Bis Mami dem Frieden *wirklich* traut, dürfen wir diese nämlich noch nicht feierlich beim Herrn Apotheker Kümmerle entsorgen, wie Opi das eigentlich schon jetzt vorgeschlagen hatte.

Auf so einen *kranken* Besuch folgt bei uns ein *gesunder* Hunger. Opi und ich haben uns so auf etwas Deftiges und Kerniges gefreut. Mami möchte uns heute besonders verwöhnen.

Mit den Worten: »Man ist, was man isst!«, tischt sie uns Sellerieschnitzel mit Gerstengrütze und Tofu-Bällchen auf, umrankt von einer Garnitur aus jungen Löwenzahn-, Brennessel- und Sauerampferblättchen. »Das Auge isst mit«, sagt Mami ergänzend, als ich schon kurz davor bin, mich zu übergeben.

Gott sei Dank rettet mich der Gedanke an Kevins Geburtstagsfeier, die morgen in einem amerikanischen Spezialitätenrestaurant stattfinden wird. Saftige Burger statt vegetarischen Schuhsohlen, das wird ein Genuss!

Als sich Opi zu seinem abendlichen Spaziergang abmeldet, ist mir klar, dass er sich bei *Heidis Futterkrippe* an der Ecke noch eine Currywurst gönnt. Beim Rausgehen wirft er noch einen mitleidigen Blick auf das Titelmädchen von Mamis Modejournal: »*Modelfigur in nur fünf Tagen*« steht da in Großbuchstaben.

»Bei solchen Hungerharken und Brechstangen würde sich der Rubens im Grabe rumdrehen«, murmelt Opi und verschwindet in der Abenddämmerung.

Als ich am nächsten Tag bombig gelaunt und *gut* genährt von Kevins Geburtstagsparty zurückkomme, sehe ich Mami in einem Stapel von Rechnungen und Überweisungen fast untergehen.

»Dieser Papierkrieg bringt mich mal noch um«, stöhnt sie leise klagend vor sich hin. Den Blick auf mich gerichtet ergänzt sie mit einer tiefen Sorgenfalte auf der Stirn: »*Dein* Krankenkassenbeitrag ist schon wieder gestiegen.«

»*Beitrag hoch und trotzdem nicht gesünder*!«, sagt der Opi und weiter: »Du fühlst dich gesund und wohl? Weit gefehlt! Dein Hausarzt wird dir möglicherweise bei deiner nächsten Jahresinspektion eine neue Krankheit präsentieren, spätestens wenn dich das Labor mit neuen Grenzwerten überrascht. Der glückliche Konsument des morgendlichen Frühstückseis von glücklichen Hühnern wird dank einer ›notwendigen‹ Anpassung des normalen Cholesterinwertes über Nacht zum unglücklich frühstückenden Risikopatienten.«

Mami sagt: »Wenn das mit den Kosten so weitergeht, werde ich selbst zum Risikopatienten, und zwar ganz ohne Normwertveränderung.«

Opi ergänzt: »Richtig teuer wird es, wenn eine altgediente Auffälligkeit einen neuen Namen bekommt. Waren wir zum Beispiel in meiner Jugend einfach nur schüchtern und sind manchmal so rot angelaufen wie ein Puter kurz vor Weihnachten, so leiden heutige Kinder massiv unter *Soziophobie* und müssen diesbezüglich ganz dringend aufwendig behandelt werden. Würde der zappelige und quirlige Wolfgang Amadeus Mozart *heute* in unserem Schulsystem sein Genie entwickeln wollen, könnte eine wirkungsvolle ADS-Therapie dies sicher nachhaltig verhindern. So stellen wir auch sicher, dass er die Nachwelt nicht mit seinen unzähligen Kompositionen nervt. Wer nicht in die Norm passt, der ist schon krank. Und somit haben wir noch eine Volkskrankheit mehr: die Normopathie.«

Ich finde Mozart cool! In meinem nächtlichen Traum spielt Musik auch eine wichtige Rolle: Im Gegensatz zum sonstigen Unterricht spiele ich nämlich im Schulorchester die erste Geige. Und hier beginnt mein Traum:

Inmitten einer Probe zu Beethovens »Ode an die Freude« platzt plötzlich mit hochrotem Kopf der Schularzt herein. Mit todernster Miene berichtet er von einer furchtbar ansteckenden Krankheit, die auch an unserer Schule rasch um sich greift.

Sofort bricht es aus ihm heraus: »Wer in den nächsten Stunden oder Tagen an sich selbst Konzentrationsstörungen, Kopfschmerzen oder erhöhte Temperatur feststellt, bleibt sofort zu Hause und nimmt diese grüne Pille, die ich euch jetzt austeile.«

Schon am Tag darauf ist die Schule halb leer, am zweiten Tag kommen noch eine Handvoll Schüler und am dritten Tag: gespenstische Stille.

Ich befinde mich allein mit unserem Musiklehrer im Proberaum des Orchesters. Er dreht mir den Rücken zu. Als er sich abrupt umdreht, erschrecke ich fast zu Tode: Ich blicke in das hagere und bleichwangige Gesicht unseres Schularztes. Vor sich trägt er einen Bauchladen. Mit seiner rechten Hand greift er ständig nach Tabletten und Pulvern, die er sich in den Mund stopft. Mit der linken streckt er mir eine unscheinbar kleine giftgrüne Pille entgegen.

Mit strengen Worten ruft er mir lauthals zu: »Schluck sofort runter, ich dulde da keine Ausnahme!«

Mir ist richtig mulmig zumute. Ich weiche automatisch

einen Schritt zurück. Da kommt plötzlich Farbe in das Gesicht des Bleichen. Er schreit mich wutentbrannt an, wobei gleichzeitig die Pille, die er mir entgegenstreckt, wächst und wächst. Sie füllt nahezu den gesamten Proberaum aus und droht mich zu erdrücken.

Da wache ich schweißgebadet auf.

7. »In meinem Haus, da rußt der Ofen, in meinem Herzen ruhst nur du«

Mami macht sich mal wieder unnötige Sorgen um mich. Sie findet, dass ich zu wenig das Haus verlasse, um mich mit Freunden zu treffen, mit denen ich mich austausche, ins Kino gehe oder was auch immer.

Da wehre ich mich aber vehement: »Ich treffe mich jeden Tag mit unzähligen Freunden im Internetchatroom. Die wissen alles von mir und ich von denen. Das schafft Vertrauen und so kommen jeden Tag neue Freunde dazu. So macht man das heute.«

»Donnerwetter, das nenne ich echten Fortschritt«, sagt der Opi. Und weiter: »In meiner Jugend hatte ich nicht viele Freunde, meist Kameraden aus der Schule oder Nachbarschaft, später in der Lehre und im Beruf. Im Laufe der Zeit hat sich die Spreu vom Weizen getrennt, nur drei sind übriggeblieben, aber das sind echte Freunde für das ganze Leben. Die kann ich nachts um vier anrufen, wenn ich Sorgen habe, und kurz darauf stehen sie auf der Matte, um mir zu helfen.«

»*Ein einziger* zuverlässiger und um mich besorgter Freund würde mir ja auch schon reichen«, sagt die Mami, »mehr will ich doch gar nicht, aber nicht mal das klappt so richtig.«

Mami hat in ihren Beziehungen wirklich nur Pech. Außer Opi und mir ist da nix Dauerhaftes dabei. Auch mit Pablo ist nicht wirklich zu rechnen. Wer weiß denn schon, wie sein Leben nach dieser Attacke seines Herzens verlaufen wird. Ich glaube, er weiß es selber nicht.

Mami surft meist spät abends heimlich im Internet, meist bei irgendwelchen Partnervermittlungen. Das macht sie zu Hause nach ihrer Putzarbeit in den Räumen der Krankenkasse, während Opi und ich bereits schlafen.

Ich bin aber ein cleveres Kerlchen: Ich bekomme am nächsten Tag genau mit, welche Internetseiten Mami besucht hat. Sesam öffne dich: Gewusst wie und der Computer verrät dir alle Geheimnisse! Ich habe auch schon mitbekommen, dass sich Mami mit Männern getroffen hat, die sie im Internet kennengelernt hat.

Zu ihrer Freundin Gundula hat sie mal ganz leise gesagt: »Das geht mir ganz schön an die Nieren: Da melden sich bloß Warmduscher, Leichtmatrosen und Bettnässer, da komme ich ja vom Regen in die Traufe!«

Apropos Gundula: Mit Eva-Maria hat sie im Internet ihr Glück gefunden. Dabei hatte sie sich erst unter falschem Namen auf der Website von *Rosetta* eingeloggt, um »schnurstracks einen Kerl an Land zu ziehen«, wie sie meinte.

»Diese Seite vermittelt eigentlich nur Männer an Männer, also doppelte Gewinnchance«, hatte sie geglaubt.

Beim ersten *Date* war ihr glatt die Schminke aus dem Gesicht gefallen: Der Kerl hieß Eva-Maria.

»Aus blankem Entsetzen wurde bald Verständnis und alsbald Liebe, die Liebe meines Lebens. Wunder gibt es immer wieder«, sagt Gundula heute.

»Auf jeden Topf passt ein Deckel«, sagt der Opi, »was nicht passt, wird passend gemacht.«

Gut, Gundula ist voll pummelig und klein, aber wie ein Topf sieht sie nicht gerade aus. Eva-Maria dagegen ist so lang und schmal wie eine Bohnenstange, aber Deckel: nein, Fehlanzeige!

Vielleicht hat Opi das auch nur gesagt, weil die beiden so gerne stundenlang miteinander kochen, immer und immer wieder abschmecken und Liebe ja bekanntlich durch den Magen geht. Opi ist wirklich ein Schelm.

»Eva-Maria ist jetzt meine *bessere* Hälfte«, sagt die Gundula.

»Bei den zunehmenden Trennungen heutzutage werden die Straßen bald mit unzähligen *besseren* und *schlechteren* Hälften bevölkert sein«, meint Opi und ergänzt: »Das ist aber nix Halbes und nix Ganzes, da fehlt immer was.«

»Eigentlich eine konsequente Entwicklung«, sagt Alice, »wir leben in einer Wegwerfgesellschaft. Was wir nicht mehr gebrauchen können, das wird entsorgt: Das gilt für den ausgelöffelten Joghurtbecher genauso wie für den ausgelutschten Partner. Zurück bleiben leere Hüllen.«

Opi und ich finden Alice klasse. Sie quasselt nicht einfach drauf los wie so viele andere Quasselstrippen und Plaudertaschen.

»Bevor sie etwas sagt, geht sie erst mit sich in Resonanz und erspürt, in welcher Beziehung die Worte zu ihr selbst stehen«, meint der Opi.

Alice ist im Laufe ihres Lebens zu einer überzeugten und glücklichen Single-Frau geworden. Nach einer notwendigen Brustoperation und einer vorsorglichen Unterleibsoperation konnte sie keine eigenen Kinder mehr bekommen. Daran ist letztendlich wohl auch ihre Ehe gescheitert.

»Über Nacht wurde aus mir die *Frau ohne Unterleib*«, sagt Alice heute, »ich fühlte mich lange Jahre auch wie eine *leere* und *unfruchtbare Hülle.* – Was musste ich mir alles anhören: ›Keine Kinder, keine Altersversorgung, keine Rente, keine Daseinsberechtigung!‹ Erst als ich meine Sichtweise zu *Beziehung* von der Wurzel her, also *radikal,* geändert habe, kam wieder Sinn in mein Leben. Für mich ist es der eigentliche Sinn des Lebens überhaupt. Das Zauberwort heißt: *Mitgefühl.*

Wenn ich anderen Menschen dazu verhelfen kann, dass es ihnen besser geht, dann verbessert sich automatisch auch mein Wohlbefinden.«

Alice hat Patenschaften mit Kindern in Indien und Tibet geschlossen, die sie auf diese Weise zu einem kultivierten und menschenwürdigen Leben fördern kann. Sie betreibt eine Praxis zur Lebensberatung und schreibt Bücher. Ihr *jüngstes* trägt den Titel: »Scheitern als Chance.«

»So habe ich doch noch Kinder, *geistige* Kinder eben«, sagt sie ein wenig stolz.

»*Kein* Mann ist auch *keine* Lösung für mich«, sagt die Mami leise vor sich hin.

»Oh doch«, entgegnet Eva-Maria, die wohl Mamis Worte mitbekommen hat, und schiebt dabei Gundula ein Schokoladenherz in den Mund.

Ich glaube, Gundula platzt eines Tages. Einfach so: *peng!* In ihrer lila Latzhose sieht sie ein wenig aus wie eine abgebundene Leberwurst.

»Die meisten Männer liegen doch lieber unter ihrem Auto als unter ihrer Partnerin«, ergänzt Eva-Maria und gibt damit Gundula eine Steilvorlage, die diese sofort volley verwandelt.

»Du hast ja so Recht, mein süßer Engel. Das nennen die

Typen heute › an der Mutter rumschrauben‹, mit einem 16-er Maulschlüssel und Knochen aus Metall.«

»Na, dann passt es ja prima!«, sagt Opi. »Viele Frauen definieren sich ausschließlich über eine *scharfe Karosserie*, *perfektes Fahrgestell* und *geschmeidige Formen*. So gesehen brauchen sie sich auch nicht zu wundern, wenn nur *Helden der Landstraße* in ihren Hof fahren und ihren Vorgarten zusehends zertrampeln.«

Gundula will irgendetwas antworten, was ihr voller Mund aber nachhaltig verhindert.

Also bleibt Opi genügend Zeit, seinen Gedanken zu Ende zu bringen: »Waschen, Schleifen, Föhnen: Fast zärtlich wird des ›Deutschen liebstes Kind‹, *das Automobil*, gehegt und gepflegt, manchmal öfter gewaschen als der eigene Körper. Das kleinste unbekannte Geräusch schafft Misstrauen und tiefe Verunsicherung, eine blinkende Warnleuchte wegen Ölverlustes führt zu massiven Schweißausbrüchen. Werkstattbesuch und eine gründliche Inspektion sind angesagt, um der Ursache auf den Grund zu gehen. Die Warnsignale des *eigenen Körpers* werden dagegen zunächst meist überhört oder durch Medikamente zum Schweigen gebracht. Anstatt hier wie beim Auto der Störung nachzuforschen, schraubt man lieber das Glühbirnchen aus der blinkenden Warnlampe heraus und schon hat man seine Ruhe.«

Wenn ich mir Gundulas Rettungsringe so anschaue, sind das keine Warnlämpchen mehr, sondern schon richtige Scheinwerfer. Das scheint sie selbst und ihre große Liebe aber überhaupt nicht zu blenden. Im Gegenteil: Eva-Maria legt noch drei Schokoladenherzen nach, als wolle sie Gundula mästen wie eine Stopfgans.

»Großzügig stopft auch die Werbeindustrie ständig *Glückskekse* in uns alle hinein«, sagt der Opi und ergänzt: »Du schläfst schlecht oder hast Stress in Beruf und Familie: Dann hast du bloß noch nicht das Richtige der unzähligen *Rundum-Sorglos-Pakete* erworben. Bist du orientierungslos, dann besorge dir einfach das richtige Navigationssystem, und schon weißt du wieder, wo es langgeht. Das richtige Öl sorgt ebenso für einen reibungslosen Motorenbetrieb wie die richtige Margarine für einen sorgenfreien Vormittag. Unsere heutige Welt ist einfach pflegeleicht und bedienerfreundlich.«

»Wo finden wir eigentlich die Gebrauchsanweisung für eine *bedienerfreundliche Partnerschaft*?«, hakt Mami nach.

Ich persönlich finde das so einfach: Ein simpler Mausklick und schon bin ich an der richtigen Stelle. So werde ich das später einmal machen. Das Menu öffnet sich und mir läuft das Wasser im Munde zusammen. Jetzt brauche ich nur meinem Geschmack zu folgen: Die gewünschte Partnerin kann man sich doch heute problemlos im Internet bestellen, in allen Größen und Farben, sogar mit Rückgaberecht. Besonders interessant erscheint mir derzeit das Preis-Leistungs-Verhältnis im Baltikum, da bekommt man mehr Frau für das gleiche Geld als anderswo. Außerdem haben die meisten ein abgeschlossenes Studium oder studieren gerade, da kriegt man auch noch was für den Kopf. Treu und perfekt im Haushalt, Garten und Bett sind die sowieso, das ist heute Standard.

Ludmilla aus Riga finde ich klasse, so hübsch wie Mami, nur viel blonder und jünger. Ich habe sie unter

Favoriten abgespeichert. Hier sitzt sie nun und wartet auf mich.

Zu einer fröhlichen Bescherung an Weihnachen werde ich auch mal für Mami heimlich nach einem Mann im Internet suchen, vielleicht nach einem pflegeleichten Griechen oder Türken, auf jeden Fall multikulti.

»Alles, bloß nicht *made in Germany*«, sagt die Mami immer, »die sind mir *zu* bedienerfreundlich. Immer nur Autos, Fußball und Ballermann.«

»Unterhaltung statt Austausch«, sagt Alice, die bis jetzt aufmerksam zugehört hat, und ergänzt: »Ist die einfache Bedienerfreundlichkeit nachhaltig gestört durch *eigene* Vorstellungen von Partnerschaft oder gar durch Schwangerschaft, gilt vermehrt die Parole von August dem Starken: ›*Macht euren Mist doch alleene*!‹«

Opi fasst nach: »Wenn sich alle alleinerziehenden Mütter weltweit zu einer bestimmten Zeit zum kollektiven Weinen treffen würden, hätten wir einen Tsunami von unvorstellbarem Ausmaß.«

»Voller Fürsorge trocknet ein Übervater namens *Vater Staat* so manches finanzielle Tränchen«, meint Alice abschließend, »so lange, bis ihm selbst die Taschentücher ausgehen.«

Eva-Maria sagt wütend: »Die Männer haben das Vergnügen und wir zahlen die Zeche.«

Ich sehe, wie sich Gundula ein zu großes Stück von ihrem Windbeutel in den Mund schiebt. Das kann eigentlich nicht gutgehen und tut es auch nicht: Ein Batzen Sahne folgt der Gravitation und plumpst direkt in ihren üppigen Ausschnitt. Sogleich taucht Eva-Maria mit ihren Fingern hinterher und rettet, was zu retten ist. Irgendwie erinnern mich die beiden bei Aktionen wie diesen an meine geliebten Affen im Zoo, die sich gegenseitig bei anstehenden Hygienemaßnahmen unterstützen. Stimmt nicht ganz, denn Eva-Maria sieht eher aus wie eine Giraffe, Gundula wie ein Nilpferd.

Jetzt legt Gundula aber richtig los: »Diese flüchtigen Samenspender sollte man sofort kastrieren, wenn man sie erwischt. Wenn sie dann nach dem Warum fragen: gleich einsperren, am besten lebenslänglich!«

Ich glaube, Gundula ist nicht wirklich die geborene Männerversteherin. Hoffentlich findet sie nie meinen Papi, sonst ist es ruck, zuck vorbei mit meinem Wunsch nach einem Geschwisterchen.

Von Opis Erzählungen über Griechenland und deren Götterwelt weiß ich übrigens, dass die Kastration nicht nur bei uns Menschen Tradition hat. Dort hat es den Gott Uranos im Schlaf erwischt. Wer war's? Der eigene Sohn Kronos mit einer Sichel, angestachelt von der leiblichen Mutter! Und siehe da: Kronos wirft die Männlichkeit seines Erzeugers ins Meer, es zischt, und Venus, die Schaumgeborene, steigt aus den Fluten empor. Ich bin fast ein wenig stolz: Sogar perfekt kastrieren können die Griechen. Bei Gundula befürchte ich, dass bei ihrem Wurf eher eine Schaumschlägerin oder gar ein Windbeutel herauskommt.

Mami sagt, dass ich Gundula nicht böse sein dürfe: »Sie ist eigentlich ganz süß!«

Opi meint dazu fast ein wenig besorgt: »Vielleicht ist sie deswegen auf dem besten Weg, *zuckerkrank* zu werden.«

»Diabetes«, ergänzt Alice, »wenn die *Süße des Lebens* krank macht.«

Ich verstehe das nicht so recht. Zucker ist doch so lecker! Ich jedenfalls freue mich schon heute auf eine riesengroße Portion Zuckerwatte. Die kauft mir der Opi immer auf dem Rummelplatz.

8. »Wir müssen uns verändern, fangt *ihr* schon mal an!«

Gestern war ich mit Opi in der *Hölle*.

Irgendwie kamen mir die Gestalten dort bekannt vor. In meinen Fieberträumen sehen sie ähnlich aus, manche Typen erinnern mich auch ein wenig an unsere Nachbarn. An der Beleuchtung wird ziemlich gespart und ohne Opi an meiner Seite hätte ich auch sicher die Hose gestrichen voll gehabt.

Die Zuckerwatte *danach* hat umso süßer geschmeckt, und ich war wieder bereit für die nächste Attraktion, für die *Unterwelt*. Der Herr am Eingang sah ziemlich fertig aus, eigentlich besorgniserregend schlecht.

Opi meinte: »Das ist Hades, der Gott der Unterwelt.«

Ich glaube, er müsste mal dringend ins Solarium oder besser noch wie Mami zu einem Wellness-Trip in den Süden.

Opi sieht das anders, er sagt: »Das ist sein Job, er ist Chef der Abteilung ›Schatten, *U*nterwelt und *D*unkelheit, Abkürzung *SUD*‹, er ist so beliebt bei den Menschen wie Fußpilz oder das Finanzamt!«

»Wozu braucht man so einen Miesepeter und Spielverderber dann überhaupt?«, will ich von Opi wissen.

Statt einer Antwort drückt er mir einen Euro in die Hand. »Alles im Leben hat seine *zwei* Seiten, genau wie diese Münze, die du in der Hand hältst. Es gibt schwarz *und* weiß, Tag *und* Nacht, Licht *und* Schatten, Liebe *und*

Hass, Leben *und* Tod. Das *eine* ist ohne das *andere* nicht denkbar, es sind die *zwei* Seiten derselben Medaille, *untrennbar* miteinander verbunden. Alles hat seine Vor- und seine Hinterteile, Licht erkennen wir nur, weil es Schatten gibt, und das Leben, weil es den Tod gibt.«

»Gilt das für *alle* Menschen auf diesem Rummelplatz?«, frage ich Opi.

»Mehr noch, es gilt für alles Leben auf diesem Planeten«, antwortet er.

Opi hat ja verdammt Recht. Ich hatte mal eine Schlange mit Namen Lucifer, nichts Großes, nichts Giftiges, aber immerhin hatten meine Freunde einen Heidenrespekt vor ihr. Eines Tages war sie tot. Keiner weiß, warum, einfach so. Ich konnte das nicht verstehen, wie konnte sie so einfach sterben? Ohne Vorankündigung. *Und tschüss*!

Das war meine erste Begegnung mit dem Tod. Bei Omi wissen wir wenigstens, warum sie gestorben ist. Sie hatte Krebs.

»Darmkrebs«, sagt Opi, und er hat immer noch Tränen in den Augen, wenn er an sie denkt, und weiter: »Kurz vor ihrem Tod ist sie nochmals wunderbar aufgelebt, sie hatte richtig rosige Wangen. Wir hatten alle wieder etwas Hoffnung! Aber es war nur ein letztes Aufblühen wie in der Natur, wenn im *Goldenen Oktober* die Blätter nochmals in kräftigen Farben leuchten, bevor sie abfallen und verwesen.

Einige ihrer letzten Worte zu mir waren: ›Nun musst du für mich mitleben.‹

Erst seit diesem Zeitpunkt weiß ich noch klarer, was *Leben* bedeutet und wie unbeschreiblich wertvoll es ist.

Ich versuche jeden Tag so zu leben, als ob es mein letzter wäre.«

Wenn Opi solche Sachen sagt, werde ich traurig. Ich kann mir gar nicht vorstellen, dass Mami und Opi eines Tages nicht mehr da sind. Dann will ich auch nicht mehr leben.

Als ob Opi spürt, dass ich ganz seltsame Gedanken habe, sagt er aus heiterem Himmel: »Komm, lass uns Boxauto fahren!«

Das lasse ich mir nicht zweimal sagen, denn Opi ist ein toller Boxauto-Pilot. Opi fährt schlau durch die angreifenden Autos hindurch, ganz selten werden wir mal an der Seite gestreift oder heimtückisch von hinten abgeschossen. Seine eigenen Angriffe sitzen exakt und treffen wie ein Stachel.

»Fliegen wie ein Schmetterling und stechen wie ein Skorpion«, lacht Opi ausgelassen, und ich muss automatisch grinsen.

Da verwandelt sich der Opi in einen kleinen schelmischen Lausbuben. Langsam, aber sicher wird es draußen dunkel, die ersten Betrunkenen haben in die Hose gepinkelt, schlafen auf der nächstbesten Bank ein, singen mit sich selbst im Duett oder werden laut und angriffslustig. Wir sehen noch, wie die Polizei und der Notarzt ins Festzelt stürmen.

In der Zeitung lesen wir am nächsten Tag, dass es eine blutige Messerstecherei zwischen randalierenden Halbstarken und Ausländern gab, einfach so, ohne erkennbaren Grund. Ich kann überhaupt nicht verstehen, wie Menschen so grausam zueinander sein können.

»Das kommt ja nicht mal bei wilden Tieren vor!«, sage ich ganz entrüstet.

Opi sagt mir, dass es zu allen Zeiten in der Menschheitsgeschichte so brutal zugegangen sei. Immer habe es Täter und irgendwelche Opfer gegeben, häufig Angehörige einer Minderheit, wie Behinderte, Ausländer, Andersdenkende oder überhaupt Randgruppen der Gesellschaft.

»Nicht nur im *dunklen* Mittelalter hat man sie ausgelöscht, verbrannt oder mit Steinen auf sie geworfen. In unserer *helleren* Neuzeit ist man da viel höflicher. *Mobbing* zum Beispiel tritt an die Stelle des Steinewerfens, der Vorgang ist aber derselbe. Eines ist immer gleich: Immer sind *die anderen* schuld am eigenen Elend und niemals man selbst. Gut, wenn es einen Sündenbock gibt, der sich schlecht oder gar nicht wehren und dem man die ganze Schuld zuschieben kann. So hat man selbst eine weiße Weste und ist fein raus. Die *anderen* sind ja schuld. Indem man andere *erniedrigt*, kann man sich selbst *erhöhen*. *Toleranz* ist hierbei die Geisteshaltung, welche die *anderen* ausüben müssten.«

Jetzt wird es aber Zeit, zu Mami nach Hause zu gehen, bevor sie sich Sorgen um uns macht. Wir kaufen ihr noch schnell eine Tüte Magenbrot. Das mag sie so sehr.

Als wir unsere Haustüre öffnen, ist Mami in heller Aufregung und schreit: »Hilfe, so helft mir doch, ich bin im Badezimmer!«

Opi und ich stürmen dorthin. Mami ist ganz aufgelöst. Als Erstes denke ich: *Der Pablo ist tot!*

Aber es etwas ganz anderes: Eine große Spinne sitzt mitten in der Badewanne. Mami hat panische Angst vor Spinnen. Dann wird sie hysterisch und verfällt in eine Art Totenstarre wie Tutanchamun.

»Macht sie tot!«, ruft sie immer wieder, »macht sie *sofort* tot!«

Das machen wir aber nicht.

Opi sagt noch: »Spinnen sind Lebewesen wie du und ich«, packt sie mit der bloßen Hand und bringt sie ins Freie, in die Freiheit.

Ich verstehe das nicht: Mami ist Vegetarierin, weil sie nicht möchte, dass Tiere wegen ihr getötet werden. Und jetzt ist sie Opi richtig böse, dass er die Spinne nicht umgebracht hat.

»Die kann doch jederzeit wiederkommen!«, schluchzt Mami.

Opi meint: »Und das ist auch gut so, denn in diesem Haus ist das *Leben* willkommener als der *Tod!*«

Mami ist es jetzt irgendwie nicht nach Opis Logik zumute, sie schnappt sich das Magenbrot und verschwindet in ihrem Zimmer. Ich gehe ihr hinterher, wir kuscheln ohne Worte, und alles wird gut.

In der Nacht träume ich von einer seltsam übelriechenden Kloake. Sie sieht aus und riecht wie unsere städtische Kläranlage am Waldrand. Irgendwie erinnert mich der ganze Ort an einen Horrorfilm, den ich heimlich mit meinem Freund Kevin angeschaut habe. Kevin ist oft alleine zu Hause, seine Mami Gundula fährt Taxi, sein Opi hat Alzheimer, und sein Papi ist durchgebrannt. Kevin ist gekommen und sein Papi ist gegangen.

In meinem Traum sehe ich Rauch und Nebelschwaden, die Sonne blinzelt ab und zu durch. Am Ufer sehe ich viele Menschen oder besser gesagt: *halbe* Menschen, exakt in der *Mitte* durchgeschnitten. Sie laufen und bewegen sich aber vollkommen normal. Die fehlende zweite Körperhälfte dieser Halbmenschen taucht ab und zu aus der Kloake auf wie das Ungeheuer von Loch Ness, ruft nach seiner anderen Hälfte, winkt, wedelt oder schweigt einfach so vor sich hin. Am Ufer erkenne ich eine *halbe* Frau, sie sieht aus wie eine emsige Hausfrau in einer Kittelschürze. Sie haut mit einer Bratpfanne ihrer anderer Hälfte im Sumpf so lange auf den Kopf, bis diese versinkt, um später an anderer Stelle wieder aufzutauchen. Ich sehe einen *halben* Mann, wie er auf seine andere Hälfte mit einem Jagdgewehr schießt. Und ich sehe Pablo im schwarzen Designeranzug, mit dem Handy am Ohr, und wie er plötzlich von seiner Sumpfhälfte am Bein gepackt und in die Tiefe gerissen wird. Das Letzte, was ich von Pablo wahrnehme, ist sein Handy, das mit einem kläglichen Signalton in der Kloake versinkt. Eine grölende Horde von *Halb*starken schlägt mit Baseballschlägern auf wehrlose Körperhälften im Sumpf ein, willkürlich und einfach so.

Da erkenne ich auch Opi, wie er seiner winkenden Körperhälfte im Sumpf vom Ufer aus die Hand reicht und sie an Land zieht. Und siehe da: Ruckzuck werden die *beiden Hälften* von Opi wie von unsichtbaren Magneten zusammengezogen und werden *eins.*

Am Frühstückstisch erzähle ich meinen nächtlichen Traum. Mami verschluckt sich beinahe, irgendetwas hat sie in den falschen Hals gekriegt.

»Da ist sicher wieder der Kevin mit seinen gefährlichen Filmen dran schuld. Wie oft habe ich dir schon gesagt, dass Kevin kein Umgang für dich ist. Das sind asoziale Verhältnisse!«

Ich weiß nicht so genau, was asozial bedeutet. Ich jedenfalls finde Kevin große Klasse und bewundere sehr, wie er mit so wenig so zufrieden ist. Auch wenn ich etwas Neues habe, ist er niemals neidisch auf mich, im Gegenteil: Er freut sich mit mir. Außerdem ist doch Gundula Mamis Freundin.

Unsere Nachbarn sind da übrigens ganz anders als Kevin. Die sind nämlich voller Neid und Missgunst, irgendwie asozial.

Opi köpft erst noch genüsslich sein Frühstücksei und sagt dann: »Nicht nur in der Außenwelt gibt es Tag *und* Nacht, Licht *und* Schatten. Auch bei uns Menschen gibt es *helle* und *dunkle* Anteile, denn ›*zwei* Seelen wohnen ach in meiner Brust‹.«

»Wo viel *Licht* ist, da ist auch viel *Schatten*. Diesen erst mal zu erkennen, anzunehmen und zu integrieren ist viel Arbeit, *Schatten*arbeit eben.«

Mami ist es bei meinen Träumen manchmal ganz mulmig zumute. Sie hat sich auch schon mal mit dem Gedanken vertraut gemacht, mit mir zum Kinderpsychologen Dr. med. phil. Felix Hasenfuß zu gehen.

»Der kann dann in deinem Kopf nachschauen, ob da oben alles ganz *normal* funktioniert.«

Vielleicht bin ich noch zu unerfahren, um *normal* von *unnormal* unterscheiden zu können. Aber irgendwie *verrückt* ist das schon: Da halten sich manche Menschen Haustiere und schwuppdiwupp, wenn sie stören, werden sie an Autobahnraststätten ausgesetzt. Das soll auch schon mit Babys passiert sein. Da kommen in manchen Teilen dieser Welt Menschen zur Welt, um bald darauf einen qualvollen Hungertod zu sterben.

Da rauchen Mami und Pablo freiwillig Zigaretten, auf deren Packung groß draufsteht: »*Rauchen ist tödlich.*«

Apropos Pablo: Er hat sich bei seinem Bruder in Spanien eine längere Auszeit genommen. Das hat einen anderen Menschen aus ihm gemacht. So hat er auch aufgehört, so viel zu rauchen und zu trinken. Er möchte auch mal in einen Ashram nach Indien fahren oder in ein Kloster gehen, um sich selbst zu finden und zur Ruhe zu kommen.

Er sagt: »Eher geht ein spanischer Stier mitsamt Torero und rotem Tuch durch ein Nadelöhr, als dass ich in mein altes Leben zurückkehre, das mich so krank gemacht hat!«

Opi meint: »Das ist Pablos Metamorphose. Die Raupe muss sterben, damit der Schmetterling fliegen kann.«

9. »Was ich weiß, macht mich heiß«

Als ich neulich von Mami Geld pumpen wollte, war sie total empört. Mein gesamtes Taschengeld hatte ich zuvor vielversprechend in essbaren Gummitierchen angelegt.

Ich sage mir: wenn schon Tierversuche, dann wenigstens *so!* Das ist *mein* Beitrag zum Artenschutz.

Ich kann Mamis Reaktion überhaupt nicht nachvollziehen: Sie hat doch selbst kein Geld und zieht sich trotzdem ständig frische Scheine aus dem Geldautomaten. Sie ist nach wie vor felsenfest davon überzeugt, dass sie selbst schuldlos an ihren Schulden ist. Sie hat doch bloß diesem sympathischen jungen Mann mit dem schwarzen Aktenköfferchen vertraut, der ihr die Verdopplung ihres mühsam Ersparten in kürzester Zeit in Aussicht gestellt hat. Durch mysteriöse Umstände kam alles irgendwie ganz anders.

»Börsenblase geplatzt, Geld futsch und Broker weggebroken«, sagt der Opi und weiter: »Ich habe einen Teil meines Geldes in eine ausgedehnte Weltreise gesteckt. Diese Eindrücke kann mir *keiner* mehr wegnehmen.«

Mami reist in letzter Zeit auch viel, aber nach innen. Meditationen sagt sie dazu. Bisher dachte ich eigentlich immer, dass es dabei sanftmütig und ruhig zugeht.

Pustekuchen!

Denn seit Alice die Mami zu *diesem* Abend mitgenommen hat, ist sie wie umgepolt. Ihr neues Motto lautet: »Die Ruhe kommt erst *nach* dem Sturm – und dann ganz von allein.«

Also proben wir derzeit zu Hause den Sturm. Manchmal ist es sogar ein Orkan. Da wird gebrüllt und geschrien, gestampft und gedampft, geruckt und gezuckt, als hättest du einen Finger in der Steckdose. Und das alles zu rhythmischer Urwaldmusik. Früher hat mich Mami wegen der Nachbarn zur Ruhe ermahnt und heute beklagt sie sich darüber, dass die sich wegen jedem Mist beschweren. Selbst Opi macht da ab und zu begeistert mit. Dabei röhrt er wie der Platzhirsch aus unserem Freiwildgehege.

»Wer nicht *mit* der Zeit geht, der *geht* mit der Zeit«, sagt Opi, während er sich mit dem Ärmel die Schweißtropfen von der Stirn wischt und ergänzt: »Bist du die *Zeit* erst mal los, bist du *zeit*los!« Unser aller Opi, hoffentlich segnet er nicht so schnell das *Zeit*liche!

Meine Zeit ist jedenfalls schon gekommen, nämlich die fürs Bett. Da hab ich meine Ruhe, auch ohne Sturm.

In meiner Schulklasse haben wir eine neue Attraktion: Die heißt Roger und kommt aus Kanada. Sein deutschstämmiger Daddy hat dort sein Glück gesucht und gefunden. Stinkreich ist er in der Ölbranche geworden. Fett hat er abgesahnt: Sein Konto wie auch sein Körpergewicht haben höllisch zugelegt. Jetzt kehrt er zu seinen Wurzeln zurück, weil ihn sein inneres Glück verlassen hat.

Das kann doch eigentlich gar nicht sein: Das weiß doch jedes Kind, dass Millionäre glücklich sind, oder etwa nicht?

Wenn Roger von der Größe und dem Reichtum Kanadas erzählt, spüre ich den Duft der großen weiten Welt.

Dann kann es auch passieren, dass mir mein Leben gelegentlich klein und begrenzt vorkommt. Erst recht, wenn ich sehe, wie Roger wohnt: ein mächtiges Anwesen, darauf eine Riesenvilla mit achtzehn Zimmern, Swimmingpool und Hubschrauberlandeplatz. Nicht zu vergessen Daddys Golfplatz sowie die Stallungen der Reitpferde. Sein ganzer Stolz heißt Pegasus und ist ein Edelschimmel. Was für ein Rassepferd!

Roger hat für sich allein *drei* Zimmer: eines zum Schlafen, eines für seine Hobbys mit Fernseher, Computer und geiler Musikanlage und eines mit einer kleinen Sternwarte mit Riesenteleskop direkt unter dem Dach. Wenn es dunkel ist, kann er elektronisch eine Luke öffnen, und schon schaut man in die unendliche Weite des Universums.

Mami unterstützt unsere Freundschaft sehr und hat mir erlaubt, bei ihm zu übernachten. Es ist eine vollkommen klare Nacht und wir liegen staunend unter dem funkelnden Sternenzelt.

»Wäre es nicht super, wenn wir eines Tages per Anhalter durch die Galaxis düsen könnten?«, sage ich total überwältigt von dem Anblick, der sich uns bietet.

Roger erwidert: »Wenn wir uns erst mal mit Lichtgeschwindigkeit fortbewegen können, werde ich der Erste sein, der auf dem Jupiter seine Basisstation bezieht.«

Nicht mal die verrücktesten Ideen sind vor uns sicher. Und so leben wir noch eine ganze Weile in dieser fantastischen Welt. Erst dann machen wir einen auf »Ratzemann und Söhne«.

Als ich am nächsten Morgen aufwache, beginnt wieder ein stinknormaler Schultag.

Heute Nacht habe ich noch davon geträumt, meinen Fuß auf einen fremden Planeten zu setzen. Jetzt wird mir schlagartig bewusst, dass ich noch nicht einmal ein fremdes Land betreten habe. Irgendwie muss Opi meine Unzufriedenheit gespürt haben, denn noch am selben Abend kam er mit einem Märchenbuch in mein Zimmer.

Was sollte das nun schon wieder bedeuten?

Er las mir aus dem Märchen »Der Fischer und seine Frau« vor. Der Inhalt ist schnell erzählt:

Da lebt ein Fischer glücklich und zufrieden in seiner armseligen Hütte. Eines Tages taucht ein Fisch auf und er und seine Frau bekommen *drei* Wünsche frei. Nachdem sich die Ehefrau zunächst Fülle und Reichtum gewünscht hat, wird sie beim dritten Wunsch wohl absolut größenwahnsinnig: *Sie möchte Papst werden!* Da hat der Fisch die Kiemen voll und verwandelt alles zum Alten zurück. Die Frau ist schockiert. Am Glück des Fischers dagegen hat sich über die ganze Zeit rein gar nichts verändert.

Opi sagte sonst kein einziges Wort. Das war auch nicht notwendig, denn ich hatte verstanden. Jedenfalls war ich ab diesem Zeitpunkt wieder ganz zufrieden mit meiner *kleinen* aber nicht weniger reichen Welt.

Mamis kleine Welt wird wohl derzeit mächtig durcheinandergewirbelt: Irgendwohin scheint sie unterwegs zu sein, keiner weiß was Genaues. Manchmal ist es fast ein wenig hell um sie herum. Das gefällt mir sehr. Heute ist sie aber völlig durch den Wind: Aus dem fernen Indien ist ein Brief von Pablo eingetroffen mit einer besonderen Briefmarke für mich und einem außergewöhnlichen Inhalt für Mami. Als ob sie von Opi und mir ein Echo erwarten würde, liest sie einige Passagen laut vor.

Da heißt es: »Ich weiß nicht, ob es *besser* wird, wenn es sich *verändert*, aber ich weiß, dass es sich *verändern* muss, wenn es *besser* werden soll.« Und weiter: »Die Fragen, die ich mir stelle, lauten: Wie kann ich sicher sein, *nun* den richtigen Weg einzuschlagen? Wie kann ich es bloß aushalten, wenn da plötzlich nur noch Fragen sind, wo früher überall Antworten waren? Die unbegrenzte Weite, die ich *heute* um mich spüre, fühlt sich nach Freiheit an. Doch dann halte ich sie plötzlich nicht mehr aus, dann ist die Angst und Enge wieder da. Ist die Enge, die mich vor meinem Herzinfarkt gepackt hatte, vielleicht nur die Angst vor der Freiheit gewesen?«

Opi hat die Worte mit vor Staunen geöffnetem Mund gehört. Er sagt: »Nach der zu lange ertragenen Schwere des Lebens folgt nun die ›unerträgliche Leichtigkeit des Seins‹. Irgendwann herrschen nur noch Harmonie und Frieden …«

»Solange ich nicht weiß, wie es mit mir und Pablo weitergeht, ist an Harmonie und Frieden überhaupt nicht zu denken«, sagt die Mami. Nach einer kurzen Pause hat sie die rettende Idee: »*Ich* weiß es nicht, aber ich weiß *wer's* weiß!«

Diese Eingebung war der Beginn einer ebenso langen wie teuren Odyssee, die bei einer Wahrsagerin und Expertin für Kaffeesatz ihren Anfang nahm. Mami war von dem Ergebnis der ersten Sitzung absolut begeistert, da sich deutliche Anzeichen für eine fünfzigprozentige Wahrscheinlichkeit eines baldigen Wiedersehens abzeichneten. Jede weitere Sitzung könnte die Chancen positiv beeinflussen, sagte die Kaffeetante mit der Glaskugel. Trotz dieser guten Aussichten wurde Mami irgendwie misstrauisch und entschied sich auf Gundulas Empfehlung für einen renommierten Handleser. Der erzählte Mami viel über *ihr* Leben, was sie eigentlich gar nicht wissen wollte. Trotz intensiver und kostenspieliger Suche konnte er jedoch Pablos Linie in ihrer Hand *nicht* finden.

Zu meiner tiefen Bestürzung meinte Mami, dass ich nun vermehrt den Abwasch übernehmen sollte, damit ihre Linien wieder besser zum Vorschein kämen. Zu meinem Glück brachte das aber absolut gar nichts: Die Linie war und blieb verschwunden.

Erst bei einem Besuch einer Kartenlegerin tauchte Pablo wieder auf. Klarer Fall: Ritter der Stäbe!

Mami war glücklich. Endlich lag er wieder vor ihr. Die Dame war ihr Geld wert, aber jetzt kam Mami erst richtig in Fahrt. Dieses gute Ergebnis konnte jetzt nur noch von dem stadtbekannten Starastrologen Hans Magnus Schaumermal getoppt werden.

Opi sagte treffend: »*Per aspera ad astra*«, aber da hatte sie sich schon längst angemeldet.

Das von ihm angefertigte *Horo*skop entpuppte sich jedoch leider als *Horror*skop. Jetzt hatte sie die Faxen endgültig dicke! Zu allem Überfluss ist auch noch Opis älterer Bruder Adolfo mit Hasso, seinem Schäferhund, zu einem Überraschungsbesuch vorbeigekommen.

»Kopf hoch, auch wenn der Hals dreckig ist!«, flüstert mir Opi aufmunternd ins Ohr.

Wie immer stellt uns sein Kommen vor große Herausforderungen. Er ist Mitglied im *Komitee für korrekte Rechtschreibung* und duldet keine Fehler. Seinem kritischen Auge entgeht rein gar nichts. Diesmal knöpft er sich Mami vor. Sie hat es nämlich versäumt, ihre persönlichen Sachen rechtzeitig vor ihm in Sicherheit zu bringen. Unglücklicherweise hat sie die Rechnungen ihrer diversen Beratungstermine auf der Vitrine liegen lassen.

»Bist du des Teufels?«, herrscht Adolfo die Mami an, und Hasso knurrt bedrohlich.

»Recht hast du, Adolfo«, sagt der Opi, »gestern hab ich sie dabei erwischt, wie sie heimlich mit dem Hexenbesen davonfliegen wollte.«

Da müssen wir alle lauthals lachen. Sogar Adolfo kann ein Grinsen nicht ganz unterdrücken. Auch Hasso wedelt vergnüglich mit dem Schwanz.

10. »Nur die Harten kommen in den Garten«

Ich lutsche für mein Leben gerne Zitronen aus. Ich mag es so sehr, wenn ich die Mundwinkel vor saurer Verzückung verziehen muss.

»Sauer macht lustig«, sage ich dann immer zu Opi, der sich jedes Mal halbtot lacht, wenn er mich so verkniffen sieht.

Er meint: »Immer mehr Menschen erreichen einen solchen Gesichtsausdruck aufgrund jahrelanger Übung auch *ohne* Zitronen. Die sind eigentlich *immer* sauer auf irgendwas oder irgendwen, auf die Welt im Allgemeinen und das Leben im Besonderen. Eigentlich sind sie sauer auf alles, und das, obwohl es in dieser Spaßgesellschaft eigentlich immer recht lustig zugeht, getreu dem Motto: ›Lieber gut drauf, als schlecht drunter!‹«

Mami meint, dass es ja in unserer heutigen Welt auch immer weniger zu lachen gibt: »Die Zeiten sind schwer, die Last wird der kleinen Frau und dem kleinen Mann von der Straße auf die Schulter gepackt wie einem Esel, bis er zusammenbricht oder einen Bandscheibenvorfall erleidet. Ich hasse dieses Spießrutenlaufen durch die lebensfeindlichen Amtsstuben, in denen graue Eminenzen mit Ärmelschonern über mein Wohlergehen entscheiden dürfen. Das sind die Cowboys von heute: Paragrafenreiter ohne Pferde. Dabei möchte ich doch nur, was mir rechtmäßig zusteht. Darauf habe ich Anspruch! Und was ist der Lohn dieser ganzen Quälerei: Es gibt zu viel zum Sterben und zu wenig zum Leben.

Oder die da oben rauben wehrlosen Bürgern sogar noch die lebensnotwendige Existenzgrundlage.«

Da spielt Mami sicher auf ihre Taxi fahrende Freundin Gundula an, deren Führerschein für lange Zeit einkassiert wurde, weil sie in einer »Tempo-30-Zone« vor dem Kindergarten mit 85 km/h geblitzt wurde. Kein Führerschein, kein Taxifahren, kein Geld. Gundula ist stocksauer auf »unseren Polizeistaat, der Triebtäter wie rohe Eier behandelt und Kavaliersdelikte am Steuer bestraft wie Kapitalverbrechen.

Jetzt verstehe ich auch den Aufkleber an ihrem stillgelegten Taxi: »Stoppt Tierversuche, nehmt Kinderschänder.«

Voller Zorn tobt Gundula: »Das ist Mord an mir und meinem Sohn Kevin, Mord durch Aushungern, ganz langsam und vollkommen legal im Rahmen der freiheitlich demokratischen Grundordnung natürlich!«

Ich finde das ja auch blöd: Überall gibt es Regeln und Verbotsschilder, für jede Übertretung wird man geschimpft oder bestraft.

»Hier Fußballspielen verboten!«, »Den Rasen nicht betreten«, »Kein Lärm im Treppenhaus« und so weiter und so fort.

Um wie viel schöner wäre es auf dieser Welt, wenn jeder machen könnte, was er wollte.

Opi meint: »Stell dir mal vor, einige Planeten am Himmel und vor allem die Sonne denken genauso wie du: ›Ach nee, immer diese Regeln tagein, tagaus. Immer diese Bevormundung. Heute ist mir mal nach totaler Freiheit zumute, ich gehe mal auf eine neue Umlaufbahn, ich mach mal, was ich will, und tschüss!‹«

Ich stelle mir das ziemlich chaotisch vor, so mit einer Sonne, die nur scheint, wenn sie mal gerade Lust dazu hat oder zufällig in der Nähe ist. Wenn Mami da mal wieder einen Wellness-Trip für ihren Teint in den Süden gebucht hat, so ganz ohne Sonne, da kann sie ja gleich zu Hause bleiben.

Opi meint: »Verbote sind für viele nicht mehr als unverbindliche Behördenempfehlungen oder sogar persönliche Beleidigungen. Die Freiheit des einen wird aber oft schlagartig zur Unfreiheit oder gar lebensgefährlichen Bedrohung des anderen. Das gilt im Universum über uns genauso wie bei den Menschen um uns herum. Auch heute gilt: ›Was du nicht willst, was man dir tu, das füg auch keinem anderen zu …‹ Das ist übrigens eine freie Auslegung von *Immanuel Kants Kategorischem Imperativ.*«

»Oh cool«, sage ich zu Opi, »gibt es den schon als Klingelton für mein Handy?«

»Das glaube ich nicht wirklich«, sagt der Opi, »irgendwie passt der auch nicht in unsere Ellenbogengesellschaft. Ich glaube, ›Auge um Auge, Zahn um Zahn‹ ließe sich weitaus besser vermarkten. Letzte zaghafte Annäherungen an ihn findet man zumindest noch in öffentlichen Bedürfnisanstalten als Aufkleber oder Hinweistafeln: ›*Verlassen Sie diesen Ort bitte so, wie Sie ihn vorzufinden wünschen.*‹ So wird heute Kants Kritische Vernunft die Toilette hinuntergespült. Worte, wie Ordnungsliebe, Disziplin und Achtsamkeit, werden sicher irgendwann aus dem Duden entfernt werden, weil sich keiner mehr an ihre Bedeutung erinnern kann.«

Ich habe keinen blassen Schimmer, wie Opi dies meint.

Mami wohl auch nicht so recht, denn sie sagt: »Du mit deiner *chronischen Besserwisserei!* Dein ach so gescheiter Herr Kant zahlt auch nicht meine Stromrechnung oder gibt Gundula ihren Führerschein zurück!«

»Der Mensch lebt nicht vom Brot allein«, sagt der Opi, »wir leben im Land der Dichter und Denker und nicht der Richter und Henker. Die Worte von weisen und gelehrten Menschen können uns an eine *höhere Ordnung* erinnern, die Bestand haben kann für die Ewigkeit.«

»Papperlapapp«, sagt die Mami, »*wer sich nicht wehrt, der lebt verkehrt!* In unserer Frauengruppe sprechen wir ganz offen von Widerstand, so kann und darf es mit dieser Ungerechtigkeit nicht weitergehen, nicht mit uns!«

Opi meint: »Der Widerstand ist das Privileg der Jugend. Was war ich früher für ein Kämpfer, mit Gott und der Welt habe ich mich angelegt, ich habe gekämpft wie Don Quichote gegen die Windmühlenflügel! Es war ein langer und schmerzhafter Weg, bis ich mir die Hörner abgestoßen habe. Heute als weißhaariger alter Mann glaube ich erkannt zu haben: Wirklich frei ist nur der, der die Gesetze *akzeptiert* und *verinnerlicht* hat. Leid und Ungleichgewicht entstehen oft durch Verkennung oder Ignorieren der universellen Gesetzmäßigkeiten. Probleme, Schmerz und Unfreiheit sind häufig die Folge eines Verlassens der vorgeschriebenen Bahn.«

Da muss ich Opi schon Recht geben: Als ich mal mit Mami am See spazieren gegangen bin, ist ein Rollerskater voll in uns reingedüst, weil er nicht auf seinem vorgeschriebenen Parcours geblieben ist. Mann, hat das weh getan! Mir ist das selbst auch schon passiert: Bei einem Fahrradausflug wollte ich doch bloß mal allen zeigen, wie toll ich freihändig fahren kann. An einer Mutter mit Kinderwagen bin ich gerade noch so vorbeigeschrammt, bevor es mich an einem urplötzlich im Wege stehenden Werbeschild einer großen Versicherung zerbröselt hat: »Jetzt schon an die Rente denken!«, stand da drauf. Alle außer mir und Mami haben schadenfroh gelacht. Mami hat ordentlich geschimpft mit mir, anstatt mich zu bedauern.

»Wer den Schaden hat, der spottet jeder Beschreibung«, meint der Opi, »das gilt im kleinen wie im großen Stil. Viele laben sich ja zudem am Schicksal der anderen, frei nach dem Motto: ›Schau mal, denen geht es ja noch schlechter als uns.‹

Wahre Wallfahrten werden zu Unglücksorten gemacht, mit Kind und Kegel, Fernglas und Weizenbier, aber nicht etwa, um zu helfen, sondern um Opfer in lebensbedrohlichen Situationen oder gar beim Sterben zu beobachten. Das ist *eine* zeitgemäße Art, sich mit dem Tod auseinanderzusetzen: Reality TV auf der Autobahn.«

Apropos Tod: Auch im Winter gehe ich mit Opi einmal pro Woche auf den Friedhof, um Omis Grab zu besuchen. Für mich ist das ein Ort der Ruhe und des Friedens, fernab von dem lauten und hektischen Treiben der Stadt.

Opi meint: »Auf Friedhöfen kann man sehr viel über das Leben lernen. Alle Menschen, die hier ihre letzte Ruhestätte gefunden haben, sind uns, den Lebenden, nur *voraus*gegangen. Wir alle müssen früher oder später gehen, das ist der Gang der Welt.«

Wenn Opi dies *so* sagt, klingt das nicht mehr ganz *so* furchtbar. Das jagt mir keinen schrecklichen Schock mehr ein, warum sollen auch Tatsachen Angst machen? Wir können es ja doch nicht ändern oder verhindern, oder?

»Im Winter erscheint die Natur auch wie tot«, meint Opi, »die Eiscafés sind geschlossen, die Freibäder sind zu, das Leben findet mehr *drinnen* als *draußen* statt. Das Leben ist *reduziert* auf das *Notwendige* und *Wesentliche*, ein Grund für immer mehr Menschen unserer verzichtfreien *Überfluss*gesellschaft, in eine tiefe Winterdepression zu verfallen. Dabei sind gerade diese Phasen der *äußeren* Öde eine wunderbare Chance für *inneres* Wachstum, so wie sich in der Natur unter der Last der Schneedecke neues Leben entwickelt, sich ein neuer Frühling vorbereitet.«

Apropos Wachstum: Auf dem Nachhauseweg wächst noch der größte Schneemann in den Himmel, den wir je gebaut haben. Mit seinem Gesicht aus Holzstücken und Steinen erhält er fast menschliche Züge.

»Du hast Recht«, meint Opi, »mit seiner frostigen Erscheinung, seiner starren Unbeweglichkeit, seinen Wohlstandsringen und seinem versteinerten Gesichtsausdruck erinnert er mich an die eine oder andere Begegnung auf meinem Lebensweg.«

Wir schaffen es gerade noch rechtzeitig in die Apotheke, um Mami ein Rezept einzulösen. Ich weiß nicht so genau, um welches Medikament es sich handelt. Opi schon: »Das ist eine Salbe gegen Mamis schlimme Schuppenflechte«, sagt er auf dem Nachhauseweg.

Zu Hause hat Mami schon wie angewurzelt auf uns und vor allem das Medikament gewartet. An manchen Körperregionen sieht sie tatsächlich ein wenig aus wie ein Leguan oder wie eine Handtasche aus Krokoleder. Das wäre ja fast lustig, wenn es sie nur nicht so jucken würde. Mamis beste Freundin Alice erkennt hinter dieser »Panzerbildung« der Haut eine Art *chronische Mauerbildung*, eine Aufrüstung der Körpergrenzen vor dem feindlichen Leben da draußen.

»Lass dich lieber *vom Leben selbst* jucken«, meint Alice zu Mami, »dann muss das nicht deine Haut auf schmerzhafte Weise für dich übernehmen.«

»Mauern bauen ist immer ein Zeichen von Angst«, meint Opi. »Das war schon bei der Chinesischen Mauer so. Siebentausend Kilometer ist sie lang, diese Angst vor den Mongolen. Und was hat sie letztendlich genützt? Die Mongolen sind außen rum geritten und haben die Chinesen von hinten angegriffen. Die Mauer in diesem Lande zwischen Ost und West sollte die braven Sozialisten vor den bösen Kapitalisten schützen. Auch sie hat dem Druck nicht standgehalten, allerdings in anderer Richtung als ursprünglich geplant.«

Alice meint: »Genauso verhält es sich auch mit den menschlichen Mauern: Nichts kann mehr hinein, aber auch nichts heraus. Ein gesunder Austausch ist da nicht mehr möglich, es ist ein Abschotten und Dichtmachen, ein Abriegeln von Freund und Feind gleichermaßen. Wenn da noch unterdrückte Aggression dazukommt, dann tut es weh.«

Mami wird da fuchsteufelswild: »Verdammt, da könnte ich doch glatt aus der Haut fahren, ich bin *nicht* aggressiv!«

Alice schweigt und Mami grübelt, wie sie das wohl jetzt wieder gemeint hat.

Nach Augenblicken ohne Worte sagt sie: »Manchmal würde ich mich am liebsten wie Pablo von dieser Welt zurückziehen.«

Opi meint: »Allerdings gibt es da einen entscheidenden Unterschied zwischen ambulantem und stationärem Rückzug. Pablo ist selbst *aktiv* auf der Suche nach seinem inneren Frieden, da kann die Stille eines Klosteraufenthaltes wahre Wunder bewirken.«

Alice ergänzt: »Beim *passiven* Rückzug wird die Ruhe häufig von außen verordnet und endet nicht selten im Krankenhaus oder gar im Gefängnis.«

Apropos Gefängnis: Gundula ist erwischt worden, als sie nachts bei mehreren Polizeiautos die Reifen zerstochen und bei dreien das Blaulicht zertrümmert hat.

Bei ihrer Vernehmung hat sie gedroht: »Das ist erst der Anfang, ihr werdet mich noch kennenlernen, jetzt kämpfe ich mit harten Bandagen um mein Recht!«

Ihr Strafverteidiger mahnt sie zur Vorsicht, sonst droht auch im schlimmsten Falle Knast.

Dann ist Kevin erst recht alleine zu Haus.

11. »Freizeit, Gleichgültigkeit, Liederlichkeit«

Eigentlich finde ich Karneval blöd. Nur wegen einer Pappnase bin ich doch nicht gleich lustiger als sonst.

»Viele Pappnasen laufen in dieser Zeit zu ihrer Topform des gesamten Jahres auf«, meint der Opi. »Da wird aus einem verstaubten Beamten ein säbelschwingender Pirat, bereit zum Entern jeder dahindümpelnden Fregatte, die nicht bei drei auf den Bäumen ist.«

Opi ist ja so drollig: Fregatten hab ich noch nie auf Bäumen gesehen, nicht mal im Fasching.

Opi sagt: »Obacht, in manchen Gegenden hört bei der Verwechslung von Fasching und Karneval der Spaß auf, da ist abrupt Schluss mit Schunkeln und Frohsinn.«

Okay, um Mami einen Gefallen zu tun, haben wir uns auch verkleidet. Sie findet es so putzig, wenn man in eine andere Rolle schlüpft. Mami ist heute Königin mit einem wunderbaren Kleid und einer goldenen Krone. Ich bin ihr Leibarzt im blutverschmierten weißen Kittel. Wenigstens kann ich so endlich mal meine Spaghetti Napoli essen, ohne beim Kleckern geschimpft zu werden.

Apropos rote Flecken: Kurz vor dem Ball kommt auch noch eine Entbindung von Drillingen bei unserer Kammerzofe Martha dazwischen. Was will man machen? Als Arzt hat man ja nie frei, auch nicht an diesen tollen Tagen. Dienst ist Dienst und Schnaps ist Schnaps.

Auf dem Ball treffen wir unzählige Adlige aus den angesehensten Familien des Landes, alle maskiert, um nicht vom gemeinen Volk erkannt zu werden. Ich geselle mich für einen kurzen Gedankenaustausch zu ein Paar *Halbgöttern in Weiß*, alles Ärzte und Chirurgen wie ich. Sie verabreichen sich scheinbar gegenseitig Medizin. Bei den vielen Gläschen, die manche von ihnen schlucken müssen, sind sie wohl ernsthaft krank. Andere müssen gestützt werden, zum Glück helfen da hilfsbereite Krankenschwestern. Dabei wird ihnen so warm, dass sie sich mancher ihrer Kleidungsstücke entledigen müssen. Und das ist das Schöne an den sozial engagierten Berufen: Sogar die geschwächten kranken Ärzte helfen ihnen dabei.

Aus der Entfernung sehe ich, wie ein Schornsteinfeger um Mami, unsere Königin, herumschleicht. Ich persönlich finde das nicht standesgemäß, ihr aber scheint es zu gefallen.

»Hoffentlich bringt ihr der *schwarze Mann* Glück«, flüstert mir Opi ins Ohr, als er urplötzlich neben mir steht. Opi gibt heute den Hofnarren, eine Art Till Eulenspiegel, der anderen den Spiegel vorhält. Genauer gesagt: Mamis pinkfarbenen Frisierspiegel aus unserem Badezimmer, der in der Mitte zersprungen ist.

»Viele erschrecken, wenn sie sich so im Spiegel sehen«, sagt der Opi und weiter: »Ein betrunkener Polizist wollte von mir abgeführt werden, Mahatma Gandhi hat mir Prügel angedroht, und der amerikanische Präsident schrie: ›Einmarschieren – ausradieren!‹ Und dort hinten singt der Teufel Liebeslieder.«

Richtig, Lucifer ist der Sänger der dubiosen Tanzkapelle »Montezumas Rache«. Das Kostüm passt: Er singt teuflisch schlecht. Um sich geschart hat er lauter rußige Brüder: Am explosiven Schlagzeug erkenne ich Saddam Hussein, Julius Cäsar herrscht über die weißen und schwarzen Tasten, und da ist auch noch Christoph Kolumbus an der Elektrogitarre.

»Dieser Kolumbus hat sich schon damals auf seinem Weg nach Indien so verfranst, dass er in Amerika rausgekommen ist«, sagt der Opi, »genau wie heute bei seinen Gitarrenläufen. Es hört sich so an, als ob er in ganz anderen Songs unterwegs ist als seine Mitspieler.«

Ach richtig, da erkenne ich auch noch Mutter Teresa. Sie versorgt alle Bandmitglieder aufopfernd selbstlos und pausenlos mit Drinks.

Irgendwann bläst Mami, unsere Königin, zum Aufbruch, denn sie ist müde. Wir Lakaien gehorchen sofort.

»Schönheitsschlaf ist gerade beim blauen Blut sehr wichtig«, sagt Mami.

»Heute sind nicht nur die Adligen blau bis aufs Blut«, ergänzt der Opi, »aber manche müssen sehr lange schlafen, bis sie wieder schön werden.«

An der Garderobe treffen wir noch den Papst, der uns mit einem dreifach donnernden »urbi et orbi« segnet.

Auf dem Weg zum Taxi sagt Opi: »Bei mir wird es *nicht* Aschermittwoch werden, bis alles vorbei ist! Mir reicht's schon heute! Ich fühle mich gerade wie der Frosch, den man in zu heißes Wasser gesetzt hat: Er hüpft raus. Wehe dem, der langsam, aber sicher abgebrüht wird. Der merkt nix, bis es zu spät ist. Da wird der Frosch im eigenen Saft gekocht.«

Königin Mami greift Opis Gedanken blitzschnell auf: »Einen Frosch habe ich heute auf dem Ball auch getroffen, es war der Froschkönig, aber der wirkte eher leicht unterkühlt.«

Opi sagt noch: »Der *Sinn* von Karneval ist ein *kollektiver* Wahn-Sinn von kurzer Dauer und für jeden Narren erkennbar. Ab Aschermittwoch tauchen wir alle wieder ab in den *täglichen* Wahn-Sinn, ohne dass wir was merken. Sollte einer doch noch was spüren, kein Problem: der Konsum von Tranquilizern, Beta-Blockern und des abendlichen Fernsehprogrammes schafft da rasche Abhilfe.«

Mit einem Augenzwinkern reimt der Opi:

>»Willst du nicht mehr abgekocht sein,
>spring schnell aus dem Tellerlein.
>
>Ist dir's nicht mehr schnuppe,
>spring schleunigst aus der Suppe.«

Bevor Opi weiterdichten kann, schleicht nochmals der Schornsteinfeger heran. Ich glaube, er will Mami aufs Dach steigen. Damit er sich nicht noch schwärzer ärgert, verabreden sie ein Katerfrühstück bei uns zu Hause, gemütlich am Kamin in der Küche.

Zum Frühstück sind alle wieder topfit, auch unser Besucher ist pünktlich. War er gestern Abend ganz in Schwarz, so ist er heute *ganz in Weiß mit einem Blumenstrauß*.

Opi pfeift zur Begrüßung die Melodie des dazu

passenden Schlagers. Mami hat davon noch so eine schwarze Scheibe rumliegen, *Schallplatte* haben sie wohl früher dazu gesagt.

»Ich bin der Romeo aus Rimini«, sagt der Fremde, »heute bringe ich kein Glück, sondern Blumen.«

Ich denke, hier spielt er ziemlich ungeschickt auf sein gestriges Schornsteinfegerkostüm an. Wie sich weiterhin schnell herausstellt, ist er auch sonst ein ziemlicher Loser und Pechvogel. Dabei kam er mit solch revolutionären Plänen nach Deutschland.

»Meine Geschäftsidee war einfach nur genial. Ich wollte den Begriff Pizza neu belegen, von Passau bis Emden, von Aachen bis Dresden. Das magische Konzept hörte auf den Namen ›*Selbstbelegungs-Pizzeria*‹. Die Kunden konnten ihre Zutaten zum Belegen der Pizza selbst von zu Hause mitbringen: rein in den Ofen, fertig und genießen. In Anspielung auf das Kühlschrankleeren unserer Gäste lautete unser Motto: *Gib uns den Rest*!«

Opi fragt neugierig: »Und wer hat euch dann den Rest gegeben?«

»Das war letztendlich das Gesundheitsamt«, sagt Romeo fast ein wenig belustigt.

»Bei einer Routinekontrolle haben sie in einer Pizza Calzone ein Meerschweinchen gefunden. Die Folge war: Laden dicht, Traum geplatzt und Schulden groß.«

Mami scheint Romeo ganz nett zu finden, vielleicht auch schon deshalb, weil ihm *auch* nicht alles gelingt. Scheinbar verbindet so etwas auch. Jedenfalls wehrt sie sich nicht vehement, als er sie in seine »reizende Altbauwohnung am Stadtrand« einlädt.

»Da haben wir noch vier Meter hohe Decken mit

Stuckornamenten«, sagt der Romeo aus Rimini, »das wird dir bombig gefallen.«

Stimmt, es wurde für Mami eine Bombenüberraschung! Denn was er beim Besuch bei uns nicht erwähnt oder besser gesagt verschwiegen hat: Er wohnt dort nicht alleine. Mit ihm wohnen dort seine Großeltern, seine Mutter und sein arbeitsloser Vater, seine vier Kinder von drei verschiedenen Ehefrauen, ein Leguan und ein sprechender Papagei, der immer wieder schreit: »Romeo fährt Alfa, Alfa fährt Romeo.«

Als Romeo voller Stolz Mami sein Schlafzimmer mit lauter nackten Frauen an den Wänden zeigen wollte, ist sie wohl schreiend davongerannt.

»Ich bin doch nicht bekloppt und mach dem Romeo seine Julia!«, höre ich die Mami abends am Telefon sagen.

Ich denke, sie klagt ihrer besten Freundin *Alice* ihr Leid mit dieser Karnevalsbekanntschaft der besonderen Art.

Weiter sagt sie noch: »Ich tausch doch nicht den Goldvogel Pablo gegen den Pechvogel Romeo.«

So blitzartig, wie er in unser Leben kam, war er demnach auch wieder draußen. Da war dann wohl noch eine abschließende SMS von ihm an Mami: »Wollte Papagei vom Deckenventilator holen – dumm gelaufen und tief geflogen: Bin von Leiter gestürzt – Arm gebrochen und Gehirn erschüttert – Romeo!«

Opi meinte nur: »Der Schornsteinfeger fällt von der Leiter: so ein Pech, da ist das Glück dahin!«

Wie ich die Mami kenne, wird sie ihn sicher mal im Krankenhaus besuchen, um ihn zu trösten. Aber mehr läuft da nicht!

Im Schulunterricht behandeln wir immer mal wieder wichtige Daten der Menschheitsgeschichte, derzeit geht's um die Französische Revolution. In bin tief beeindruckt von dem Kampfgeist dieser Menschen, die gegen bestehendes Unrecht auf die Barrikaden gingen und lauthals riefen: »Freiheit, Gleichheit, Brüderlichkeit!«

Ich glaube, dazu fehlt mir der Mut.

»Auch ihr Tod war nicht umsonst, denn er kostete ihr Leben«, sagt der Opi.

Daraufhin liest er etwas vom 1. Artikel der Allgemeinen Erklärung der Menschenrechte vor.

Ich weiß das so genau, weil er dazu das Buch in die Hand nimmt, aus dem Mami manchmal zitiert, wenn sie sich falsch behandelt fühlt: von uns, vom Leben und überhaupt. Opi legt los:

»›Alle Menschen sind frei und gleich an Würde und Rechten geboren.‹

Allerdings sind wir die erste Generation, die so etwas *schriftlich* hat, auch wenn Papier manchmal sehr geduldig ist.«

»Heute brauchen wir nicht mehr den *Mut* der Freiheitskämpfer, heute brauchen wir *Bewusstsein*«, sagt Alice, die heute mit Mami einige neue Tai-Chi-Übungen einstudiert. Auswendig ergänzt sie Opis angefangenen 1. Artikel:

»*Sie sind mit Vernunft und Gewissen begabt und sollen einander im Geiste der Brüderlichkeit begegnen*«, und zeigt dabei Mami gleichzeitig den Ablauf des Tai-Chi-Sonnengrußes.

Ich frage, ob Vernunft was mit dem *Homo sapiens* zu tun habe.

»Eigentlich schon«, sagt der Opi, »aber da tun wir uns noch etwas schwer.« Während er nun ebenfalls bei den Tai-Chi-Verrenkungen mitmacht, ergänzt er: »Ich werde aber den Verdacht nicht los, dass die Evolution dem Kopf noch eine andere Aufgabe mitgegeben hat, als die, dass es nicht in den Hals hineinregnet.«

»Über 120 000 Jahre hat die Natur dem Homo sapiens nun schon Zeit gelassen, Menschlichkeit zu üben«, sagt Alice.

»Die Zeit ist reif dafür«, meint Opi, während er aus Versehen unserer Yucca-Palme mit einer schwungvollen Bewegung einen bildschönen Aufwärtshaken verpasst.

Ich renne los und erwische sie noch rechtzeitig vor dem Aufprall auf dem Teppichboden. Dummerweise stand unterwegs aber eine Bodenvase mit Romeos Blumenstrauß im Weg. So ein Pech aber auch!

Opi meint nur: »Scherben bringen Glück.«

Mami ist dank der Tai-Chi-Übungen auch so relaxt, dass sie mich nicht schimpft. Vielleicht ist sie auch nur froh, dass sie nun nicht einmal mehr die Blumen an Romeo erinnern. Oder vielleicht ist es auch irgendwas anderes, was weiß denn ich?

Während ich die von mir verursachten Trümmer zusammenräume und alles fachmännisch entsorge, höre ich Opi mit einem Augenzwinkern sagen: »Wir können es schaffen, wir Menschen: im Kleinen hier in unserem Kreis wie auch in der großen Politik! Die Zauberworte

heißen: Eigenverantwortung und Mitgefühl statt Fremd-
bestimmung und Projektion.«

Mann, was bin ich froh, dass heute alle so entspannt
sind!

12. »Dein Wille geschehe, aber dalli!«

Opi hat sein Versprechen eingelöst: Er ist mit uns auf die griechische Insel Mykonos geflogen.

Nun liegen wir am Strand und Mami und ich schauen uns *sehnsüchtig* die griechischen Männer an. Ich sehe in jedem vorbeihuschenden Adonis meinen potenziellen Papi, Mami scheint auch noch auf andere Qualitäten zu achten. Opi erinnert mich mit seinen wehenden weißen Haaren an Bilder von griechischen Gottheiten, vor allem an Dionysos.

»Was für ein treffender Vergleich«, meint der Opi, »*Wein, Weib und Gesang*, welch süßer Klang in meinen Ohren.«

Gesagt, getan!

Nach einem genießerischen Schluck aus seinem Kelch vollen griechischen Rotweins gibt er Gertrud, seinem *Bratkartoffelverhältnis*, sanft einen feuchten Kuss auf deren sonnengerötete Wange.

Aus der Ferne hört man Gesang oder so was Ähnliches: Da teilen gesellige Touristen ihre hemmungslose Leidenschaft für schmachtendes Liedgut und stellen diese einem fassungslosen internationalen Publikum vor.

»Wie beim European Song Contest oder bei den Casting Shows«, meint Gertrud, »aber es fehlt die Fernbedienung zum Ausschalten.«

Gertrud verwendet dieselben Formulierungen wie Opi. Mami und ich sind da oft fassungslos. Sie sagt dazu: »Ich bin mir sicher, Opi hat sich heimlich klonen lassen. Der Klon ist aber noch besser als das Original geworden: Er ist nämlich eine Frau.«

Ich glaube, Mami spielt da unterschwellig auf ihre generelle Enttäuschung mit Männern an. Auch Pablo ist untergetaucht wie ein Fisch im Wasser. Sie ist immer noch so enttäuscht, dass er die Mutter Maria *ihr* vorgezogen hat.

»Erst habe ich den Pablo an seine Firma verloren und jetzt an eine Heilige!«, sagt sie mit Tränen in den Augen.

Pablo hat sich fast schlagartig nach seinem ambulanten Klosteraufenthalt vom weltlichen Leben verabschiedet.

»Kein Wein, kein Weib mehr, nur noch Gesang bis zum Abwinken«, meint der Opi, »das ist Selters statt Sekt, ohne Kohlensäure. Was für eine Kehrtwendung: Statt Designeranzügen trägt er heute ein löchriges Büßergewand, sein Vermögen hat er gegen die selbstgewählte Armut eingetauscht.«

Gertrud ergänzt: »Als Chef mussten ihm *die anderen* dienen, heute dient *er* einer höheren Ordnung. Er muss nicht mehr *selbst* führen, er *wird* geführt.«

Opi nickt zustimmend, küsst erst Gertrud, dann Mami und fährt fort: »War es früher die eher *materielle Sucht im Außen*, so stillt er heute seine *innere Sehnsucht*.«

Mami hat da aber ihre ganz eigene Meinung: »Pablo hat sich einfach aus dem Staub gemacht wie alle meine Männer zuvor. Er ist zwar noch da, aber trotzdem unerreichbar weit weg!«

»Und was ist mit deiner Freundin Gundula?«, will Opi wissen.

Gundula ist nach ihren Entgleisungen mit einer Bewährungsstrafe davongekommen, ihr Führerschein ist nach wie vor weg.

»Sie fühlt sich unverstanden und von der Welt verlassen«, sagt die Mami und ergänzt: »Seitdem sie mit der Channeling-Hotline ›Edeltraud‹ telefoniert hat, hat Gundula Gewissheit, dass sie auch schon in früheren Leben um ihre wahre Existenz betrogen wurde: Als Prinzessin von Saba wurde ihr einst erst ihre Jungfernschaft und später ihr Vermögen geklaut, als indische Seherin wurde sie in dunkle Kanäle verschleppt und musste dann im Bordell von Kalkutta anschaffen gehen. Die Hotline bietet hier zuverlässige Hilfe an: Gundula kann sich aus dem karmischen Elend freikaufen, erst dann ist der Weg wirklich frei in eine Gegenwart und Zukunft voller Glückseligkeit. Sie hat voll Vertrauen in diese Inkarnationsexperten einen Kredit aufgenommen.«

Opi hat beim genüsslichen Eincremen von Gertruds Rücken geduldig zugehört. Doch jetzt platzt es förmlich aus ihm heraus: »Beim Dreizack des Poseidon! Die heutige Karmaauflösung per Telefon mit Bonuskarte für einen Logenplatz im Himmel wie auf Erden nannte man im Mittelalter noch ganz altmodisch *Ablassbrief.*« Er nimmt noch einen Schluck Rotwein und ergänzt: »Die Hotline ›Edeltraud‹ räumt die Vergangenheit äußerst gründlich auf, das ist porentiefe Sauberkeit mit Fasertiefe, Reinemachen für die Ewigkeit. Beim heiteren Beruferaten hätte sie sich als ›*karmische Raumkosmetikerin*‹ vorstellen können, *angestellt* im Dienste der Menschen, die nach Erlösung suchen.«

»Übrigens«, sagt Mami, »weiß Gundula dank Channelmedium Edeltraud jetzt auch, dass ihre derzeitige große Liebe Eva-Maria im Dreißigjährigen Krieg ihr leiblicher Vater war. Durch die Kriegswirren konnte er sich kaum um sie kümmern. Das möchte seine Seele in diesem Leben nun als liebevolle Frau wieder gutmachen. Ihr Sohn Kevin war in Atlantis ihre Mutter, in Babylon ihr Zwillingsbruder und in Zeiten der Inquisition ihr heimlicher Liebhaber. Eigentlich ein todsicherer Fall für den Scheiterhaufen: Aber die Kirche hat ein Auge zugedrückt, denn zu dieser Zeit war Kevin ein einflussreicher Geistlicher.«

Nun trinkt Gertrud auch einen Schluck Wein, der in dem Weinkelch bei diesem Sonnenlicht funkelt wie ein Türkis. Darauf sagt sie: »Einige aus der Esoterik-Ecke halten ihren eigenen Vogel schon für die Taube des Heiligen Geistes.«

»Das ist letztendlich eine Flucht aus dieser Welt, wie Saufen oder Drogen nehmen«, meint Opi, »das ist wie im Raumschiff Enterprise das Wegbeamen des Mr Spock. Da kann man aber schnell den Boden unter den Füßen verlieren. Und wer beim Eintritt in die Erdatmosphäre nicht gänzlich verglüht, der fällt meistens sehr hart auf den Boden der Tatsachen.«

Mamis Laune bessert sich schlagartig, als ein griechischer Adonis ihr eine Frisbeescheibe an den Kopf wirft. Besser gesagt: *danach*, denn er entschuldigt sich tausendmal, streichelt Mami liebevoll am Kopf, um nach eventuellen Blessuren zu suchen. Meines Erachtens macht er das sehr lange: So groß ist Mamis Kopf doch gar nicht! Sie scheint die Berührungen sehr zu genießen, und sie wehrt sich auch nicht, als der Fremde sie versöhnlich auf die Wange küsst. Mami will sich heute Abend mit ihm treffen, denn er möchte den Schaden, den er angerichtet hat, bei einem Abendessen unter vier Augen wieder gutmachen.

Opi meint: »Der Typ gefällt mir: Am Strand des Lebens seine Flugangel auswerfen und dann geschickt den Fisch an Land ziehen, das ist ganz schön clever. Mit einem verschmitzten Lächeln sagt er zu Mami: »Pass auf, dass er dich nicht verspeist und nur noch Gräten von dir übrigbleiben.«

»Menschenfischer gibt es wie Sand am Meer«, ergänzt Gertrud. »Erst wird ein schmackhafter Köder ausgelegt und ruck, zuck ist man im Netz eines engen Fischkutters mit Steuermann, der vorgibt, dich sicher und wohlbehütet durch die wilden Wogen und tosenden Stürme zu führen. Diese Kapitäne nennen sich auch Führer oder Guru. Ist erst mal die Ladung verschaukelt, hat man auch schon das komplette Boot auf den Meeresgrund sinken sehen. Erstaunlicherweise gelingt es diesen Ratten immer, das sinkende Schiff zu verlassen.«

»Lieber ein enges Nest als gar kein Nest«, sagt der Opi, »das ist das Motto aller seelischen Obdachlosen. Das ist wie Durchblicken zwischen den Stacheldrahtmaschen, ohne die Stacheln zu sehen. Wer Zuflucht sucht, egal ob im Alkohol, in einer Sekte oder sonst wo, läuft immer auch Gefahr, davon abhängig zu werden. Eine Zu*flucht* ist immer auch eine *Flucht*.«

Opi drückt uns allen einen Schmatz auf die Wange: erst Mami, dann mir und schließlich Gertrud. »Ich bin so dankbar, dass es euch gibt und ich bei euch sein darf. Das ist *mein* Halt und erfüllt mich mit tiefer Demut. *Demut* schützt mich vor *Demütigung*«, sagt der Opi und weiter: »Der liebe Gott ist ein *gütiger* Gott, daran glaube ich felsenfest, auch wenn seinem Bodenpersonal aus reinem Eigennutz ein *strafender* Gott manchmal besser ins Konzept passt.«

Mami sieht nun auch irgendwie entspannt und anmutig aus. In ihren Augen spiegelt sich die Weite des Meeres. Sie blickt voller Sehnsucht und Hoffnung in die Ferne. Sie scheint am Horizont irgendetwas zu erkennen, was sie zum Strahlen bringt.

Es tut so gut, Mami so zufrieden zu sehen.

Ich höre, wie Opi zu Gertrud sagt: »Das ist schon komisch: Immer wenn meine Tochter so sehnsüchtig von einem Partner träumt, ist sie glücklich. Sie zerfließt im ozeanischen Gefühl der Liebe. In der Realität sieht das dann oft ganz anders aus. Richtig selig ist sie nur in der Illusion.«

Die Poseidon-Platte am Abend mit Dimitri und der Blick auf das endlose Meer lassen Mami offensichtlich wie Butter in der Sonne dahinschmelzen. Da war es auch kein Problem, dass Dimitri »ausgerechnet an diesem Versöhnungsabend« seine Geldbörse vergessen hatte. Mami hat gerne bezahlt, »weil er doch so süß und edel ist«.

»Ich nehme an, dass er Mami die Auslagen am Körper wieder gutgemacht hat«, meint Gertrud.

Mami schaut heute ein wenig frustriert aus ihrem Bikini: Dimitri wollte heute zu uns an den Strand kommen, aber weder er noch Geld oder Frisbee-Scheibe kommen angeflogen.

»Sicher haben ihn unbekannte Winde davongetragen«, meint der Opi. »Das ging schon Odysseus so. Auch Christoph Columbus wollte eigentlich nach Indien und kam in Amerika raus. Frei nach dem Motto: Umwege erhöhen die Ortskenntnis und führen zu neuen Ufern.«

»Um Dimitri mache ich mir nicht wirklich Sorgen«, meint die Gertrud. »Seine Kompassnadel findet ganz sicher einen Hafen, den er ansteuern kann.«

»Im Becken entledigt er sich dann seiner Ladung, um sogleich erneut in See zu stechen«, ergänzt Opi und weiter: »Ein Schiff ist ja eigentlich im Hafen am sichersten, aber dafür ist es nicht gebaut. Da sind Trennungen und Tränen der Enttäuschung fast vorprogrammiert.«

Wie auch immer: Mami fühlt sich irgendwie verladen.

Die Sonne geht schlafen: Ein glutrot leuchtender Feuerball versinkt im schier endlosen Meer.

Opi meint: »Als Kind hat mir mein Großvater immer gesagt: ›Pass auf, gleich hörst du das Zischen der brennenden Sonne im Wasser, spitz Deine Öhrchen!‹ Meist habe ich mir zudem eine Muschel wie ein Hörrohr ans Ohr gesetzt, und ich konnte die Unendlichkeit hören, ganz weit weg und doch so nah.«

Opi organisiert nochmals eine Flasche Rotwein und für mich eine griechische Limo. Bei Kerzenlicht sitzen wir im Kreis, im Hintergrund rauscht das Meer. Ab und zu hören wir das Glucksen einer Welle, die sich fast lautlos wie ein Indianer in Mokassins ans Land schleicht.

»So sitzen wir also in unserem Kreis am Strand des Lebens«, meint der Opi fast ein wenig sentimental.

»Wir sind nur ein winziges Sandkorn in Anbetracht der Unendlichkeit und der Ewigkeit, ein kleines Zahnrad im Uhrwerk der Schöpfung«, sagt Gertrud.

Mit glänzenden Augen ergänzt Mami: »Manchmal frage ich mich wirklich, warum ich mir Sorgen wegen allem oder nichts mache. In Momenten wie diesen spüre ich, dass alles okay ist und immer sein wird. Ich muss bloß vertrauen, dann kommt alles wie von selbst.«

In der Nacht träume ich von Papi. Er kommt am Strand auf einem weißen Pferd angeritten, er winkt mir zu, dass ich zu ihm aufsteigen soll. Gemeinsam reiten wir los. Ich bin selig.

Für interessierte Laien und Profi-Schnüffler

Ruediger Dahlke erwähnt in seinem Vorwort die Verbindung der einzelnen Episoden zu den zwölf Archetypen (Urprinzipien/ Sternzeichen). Diese Analogie möchte die folgende Liste aufzeigen: Der Name des Archetyps steht dabei an erster Stelle, gefolgt von der wohl geläufigeren Bezeichnung des Sternzeichens:

1) Mars/Widder: »Schön ist es, auf der Welt zu sein …«

2) Venus/Stier: »Das Recht auf ein gescheitertes Leben ist unantastbar«

3) Merkur/Zwilling: »Platon sitzt vor der Glotze«

4) Mond/Krebs: »Denkst du noch oder fühlst du schon?«

5) Sonne/Löwe: »Das Herz-Kasperle ist da«

6) Merkur/Jungfrau: »Wo fehlt's uns denn heute?«

7) Venus/Waage: »In meinem Haus, da rußt der Ofen, in meinem Herzen ruhst nur du«

8) Pluto/Skorpion: »Wir müssen uns verändern, fangt *ihr* schon mal an!«

9) Jupiter/Schütze: »Was ich weiß, macht mich heiß …«

10) Saturn/Steinbock: »Nur die Harten kommen in den Garten«

11) Uranus/Wassermann: »Freizeit, Gleichgültigkeit, Liederlichkeit«

12) Neptun/Fische: »Dein Wille geschehe, aber dalli!«

Weitere Infos unter: www.quelle.der-kraft.de und www.schwingung-als-weg.de

Dankeschön

Unser »Dankeschön« gilt all den Zeitgenossen, deren selbstloser Einsatz rund um die Uhr *Titel und Inhalt* dieses Buches erst möglich gemacht haben. Insbesondere all den Gundulas, Eva-Marias, Romeos und Pablos dieser Welt und wie auch immer sie heißen mögen.

Dabei gilt: Alle in diesem Buch dargestellten Personen haben symbolische Funktion. Eventuelle Ähnlichkeiten mit lebenden Personen wären rein zufällig und sind nicht beabsichtigt.

Wahrer Dank gilt Ruediger Dahlke, zum einen für sein Vorwort und zum anderen für zahlreiche Anregungen und Gedankengänge zur Thematik dieses »Ratgebers«.